At angre

eller

”Dødshytten i Sverige”

Kim Michael
Ladegaard Schrewelius

Kortroman

At angre

eller

"Dødshytten i Sverige"

Denne bog er nænsomt redigeret og bearbejdet af fruen

At angre

eller

"Dødshytten i Sverige"

Forlag: BoD · Books on Demand, Strandvejen 100,
2900 Hellerup, bod@bod.dk
Tryk: Libri Plureos GmbH, Friedensallee 273,
22763 Hamborg, Tyskland
ISBN: 978-87-4306-033-8

Af samme forfatter:

Under drømmetræet (poesi)

De tusind splinter (poesi)

Min Fars Melodi (15 små historier om livet)

Justitia (4 gange gys)

Dukkemageren (novellesamling - gys)

Nattens Jægere (2 lange noveller - gys)

Frygt (novellesamling - gys)

El Coco (kortroman - gys)

Ferieøen (8 gange gys på Bornholm)

Når Hyænerne Griner (roman)

Konsekvens (kriminalroman)

Derudover flere antologier fra Forlaget Gallo

HVAD VIL DET SIGE AT ANGRE?

At få dårlig samvittighed.
At have skyldfølelse.
At have det skidt med.
At føle skam.
At græmmes.
At grave sig ned.
At tømme en bitter kalk.
At sidde med aben.
At have blod på hænderne.
At have sin andel i noget.
At få en dårlig smag i munden.
At få røde ører.
At krympe sig.
At føle sig ussel.
At man ikke kan se i øjnene.
At se slukøret ud.
At rødme.
At angre sine synder.
At gå bodsgang.
At love bod og bedring.

Den Danske Begrebsordbog, kapitel 10

Vi har alle sammen været der på et tidspunkt.

Ikke sandt?

Dette er en historie i 3 dele

1. del

Vi, der angrer: Fem unge mennesker tager på tur til Sverige. De har hver en fortid, der nager, og nogen træder i kraft.

2. del

Den, der angrer: Fem nye venner tager på tur til en velkendt hytte i Sverige, men denne gang har en af dem en skjult agenda.

3. del

Angrer du?: En familie på fire og sønnens ven skal på telttur til Sverige. Flere har noget at skjule, men en af dem har en barsk fortid, og der er noget at angre.

Rigtig god fornøjelse

Til Jonna Ladegaard Schrewelius

Du gav mig livet tilbage – Tak

1. del

Vi, der angrer

Gulvene var bonede, så man kunne spejle sig i dem. Der var den dyreste vin i de skinnende blanke krystalglas. Stearinlysene var tændt i kandelaberen. Det knitrede og lunede fra pejsen. Appetitten ved middagsbordet var så som så. Der blev nippet lidt til vinen.

For nogen af dem var det en helt anden verden. At træde ind i noget man kun så i fjernsynet. Nogen var lettet, og andre kunne slet ikke slippe tanken.

En af dem løftede sit glas, men tav i sekunderne op til. Han ville gerne have sagt alt det rigtige. Han satte glasset fra sig igen uden at drikke af det. For, hvad var det rigtige? Der var utroligt mange tårer og utrøstelige sjæle.

En aften skulle overstås. De så hinanden i øjnene. Det var stilhed før den nok så berømte storm. Med rystende hænder og bævrende underlæber greb de alle sammen kuglepennen og skrev under. Det kunne ikke tilbagekaldes. Det var endeligt og eftertrykligt vedtaget. Der var ikke nogen, der sagde noget til hinanden, da de forlod selskabet. Der blev ikke trykket hænder, da de forsvandt ud i den ildevarslende nat, hvor himlen var fyldt med blinkende stjerner, og en måne der, for en gangs skyld, lyste så kraftigt, at den mindede om et stort hvidt spot, der lyste alle op på denne sidste scene. Denne sidste akt.

Der sad de fem venner med hver deres liv og baggrund. Måske ikke med så forfærdelig meget til fælles og så alligevel noget.

Udadtil lignede de hvilken som helst gruppe rejsende fra Danmark til Sverige, men hvis man kradsede lidt i overfladen. Fjernede det yderste lag af den sminke, der var lagt for at fjerne den mindste tvivl, så var der alligevel nogle betændte sår.

De fem unge mennesker der havde fulgtes ad op gennem årene i folkeskolen og gymnasiet. Dengang deres status betød mindre, da de blot var børn med mælketænder, plaster på knæene og gummistøvler på fødderne, da var der andre forestillinger om fremtiden. Dengang de bare drømte om at være den næste cowboy, der red ind i byen for at skyde banditterne, eller var den næste popstjerne, der nåede de øverste trin på skalaen. Før der var realistiske mål.

Så hvis man var en flue, der havde hægtet sig fast i loftet på toget, kunne man rigtig sidde deroppe og studere dem. Hvis man så dannede sig et indtryk af dem, og hvis man så samtidig kunne læse deres tanker, var de så mere værd end krummerne fra et morgenbord? Var de så ikke bare en ligning, der aldrig nogensinde ville gå op? I så fald ville man jo viske tavlen ren. Sætte streger hen over det håbløse stykke matematik og komme videre.

Nogle gange kunne man håbe, at bare en af dem måske to ville nå at ændre sig.

Nogle gange...

Oscar sad og stirrede ligegyldigt ud ad vinduet, mens Sverige kom nærmere. Hans ene fod støttede på sædet overfor. Solen stak ind ad vinduet og fik geleen i hans hår til at skinne lidt ekstra.

Håret var sat i den sædvanlige Tintinfacon med hans pandehår strittende lige op, og med resten af hans sorte ny farvet hår strøget helt tilbage.

Han svedte under sin kridhvide hørskjorte. Så den var allerede knappet op helt ned til midt på maven.

Hans tykke guldkæde med korset som vedhæng kunne ikke skjules, hvilket også ville have ærgret ham. Oscar var ikke troende. Som i slet ikke. Det så bare fedt ud med det kors, hvis folk så bare havde vidst, hvad det havde kostet. Så ville de korse sig.

Det havde kostet ham en formue. Ikke fordi han lige stod og var i pengenød.

Oscar kom fra en af landets rigeste familier og fik jævnlig sat adskillelige tusind kroner ind på kontoen.

Penge var kun et opkald væk. Hans jeans var hullet, fordi sådan skulle det se ud. Igen var det ikke det billigste tøj, der var købt i en eller anden Bilka eller en genbrugsbutik for folk med begrænsede midler.

Oscar var ikke bleg for at indrømme sin status som en rigmandssøn. Han var overfladisk i sin opførsel overfor folk, han ikke kendte. Hvis ikke de sagde ham noget, var der ingen grund til at være høflig. De kunne bare rette ind. Ikke andet. Med sine 19 år var han overbevist om, at han var lige så voksen som alle andre uanset alder, og alligevel havde han en nærmest infantil indstilling til mange ting.

Oscar lod sine dagdrømme danne flimret billeder bag øjnene.

Helt tilbage til den aften, hvor han utvivlsomt hurtigt ville kunne komme i "bad standing" hos sine forældre og resten i den del af familien, der havde noget at skulle have sagt.

Den aften hvor Veronica havde ringet til ham og havde sagt, at hun var gravid. Der væltede hans ellers så solide korthus. Hans gelé i håret tørrede ud, og hans ryg blev krum. Han vaklede og lignede en, der havde hårdt brug for sin rollator.

Det passede ikke familien specielt godt og heller ikke ham selv. De havde været sammen én gang. Det var det eneste. Pigerne fik aldrig meget mere end en enkelt tur.

Den eneste der nogensinde havde betydet noget, var Selma. Men hun havde selvfølgelig trukket sig, da hun fandt ud af, at Oscar knaldede uden om. Den ene gang og så var Veronica blevet gravid. Lortesituation med slør og hale.

Den aften havde Oscar listet ud af forældrenes enorme hus på Frederiksberg. Opsat på at det regnestykke skulle ende ud til hans fordel. Der skulle være to streger under hans navn. Han ville stå tilbage som vinderen uanset, hvad pigebarnet måtte synes og mene. Hans mening skulle være facit. Det kunne der ikke rykkes ved.

Han vidste, at Veronica måtte nøjes med at arbejde på en tankstation for nogle få, skallede kroner hver måned. Han vidste, hvad tid hun havde fri, og han vidste også, at hun måtte cykle gennem et mørkt område på vej hjem til hendes forældres rækkehus i Albertslund.

Veronica nåede bare ikke hjem den aften. En skikkelse klædt i sort skinnende joggingsæt var sprunget frem et sted ved en busk og skubbet hende af cyklen. Skikkelsen havde sparket og trampet hende voldsomt og mange gange i maven.

Veronica havde skreget i angst og rædsel, inden hun også blev sparket i hovedet.

Da hun kom til sig selv et par dage senere, kunne en overlæge overbringe hende den nyhed, at hun ikke længere var gravid. Veronica havde grædt i ugevis, og Oscar var lettet. Hændelsen kom dog ikke til stå uberettiget hen. Veronica kunne huske, at hendes overfaldsmand havde haft en kraftig guldkæde om halsen. Der blev en sag ud af det, så Oscars far måtte bruge sine forbindelser og et ret stort beløb, for at knægten ikke skulle ende bag tremmer.

Han måtte brødbetinget stå ret foran sine forældre. Det passede Oscar ad helvede til. Han var født med en sølvske et vist sted, så han var ikke vant til den slags irettesættelser. Inderst inde bandede han Veronica langt væk. Det hele var hendes skyld. Han mistede også sin kæreste, Selma.

Selma kunne ikke tilgive Oscar, men de kunne være i hinandens selskab alligevel. Så da hun blev spurgt, havde hun takket ja til at tage med på turen til Sverige.

Hun sad på den anden side ad gangen. I skyggesiden af togturen.

Selma var en rimelig belæst pige og var gået videre til universitetet efter gymnasiet.

Hun havde en bred viden på mange områder og var også en lille smule bevidst om, at hun var lidt klogere end de fleste andre på hendes alder.

Hun skiltede også gerne med det. Hun havde det generelt svært med folk med en begrænsede viden om noget som helst.

Selma elskede at spille Trivial Pursuit, så hun altid kunne sidde at grine af de andre bagefter.

Som hun sad der i toget, var hun sommerklædt i en hvid næsten gennemsigtig nederdel, der ikke kunne og ville skjule hendes sorte g-strengstrusser.

På kroppen havde hun en stram top, der havde mere end svært ved at skjule hendes brystvorter og røbede, at hun aldrig gik med bh.

Selma lagde godt mærke til, at Oscar sad og så over på hende og lagde armene over kors.

Hun talte ikke med nogle af de andre i gruppen. Hun gemte sine lukkede øjne bag et par store sorte solbriller, hvor hendes dagdrømme bragte hende nogle uger tilbage.

Selma havde hidtil klaret sig godt på universitet, men var røget ind i nogle svære opgaver i sit jurastudie. Hun havde derfor truffet den dårligste beslutning, hun kunne.

I et forsøg på stadig at være blandt de bedste havde hun inviteret sig selv hjem til et par af lærerne.

Hun brugte sig selv og sin krop på at opnå de resultater, hun ønskede. Pludselig var det ikke så svært længere, og hun nød sin succes. Hun benyttede ikke sin ellers veludviklede hjerne til at tænke gud ved, hvad de andre tænker om mig, hvis det kommer ud.

Hendes brede viden havde svigtet lige der, og hun valgte den lette løsning.

Det gjorde hun lige indtil den aften for en uge siden, hvor der blev ringet hjem til hende, hvor rektor ville se hende på hans adresse pr. omgående.

Selma følte ikke nogen grund til at være nervøs. Hun satte sig ind i en taxi, der kørte hende til en stor hvid patriciervilla på Strandvejen i Hellerup.

Hun var udfordrende klædt, da den aldrende rektor åbnede døren. Han så op og ned ad hende.

I Selmas øjne var han ældre, end hun huskede. Hans hår var helt hvidt. Han stank af rødvin og stod der i sine leopardmønstrede hjemmesko og fløjlsbukser, der allerede var lynede ned. Bæltet var løsnet, og skjorten sad i uorden.

Lige med et var det ikke sjovt mere. Hun rystede, da han bød hende indenfor. Selma fik ondt i maven, da hun trådte de første skridt ind i den gamle villa, der lugtede indelukket.

Den unge universitetsstuderende gik uroligt ind og mærkede hurtigt den ældre rektors hånd på sine bare skuldre. Han åndede hende i nakken, og alle advarselslamper blinkede på hende.

Gåsehuden viste sig hurtigt, og hun frøs til is. Det var lige før, hun skulle kaste op, men hun sank hele tiden for at holde det nede.

- Jeg har måtte fyre de to lærere, du har ligget i med. Den sag kan glemmes og skubbes til side nu her i aften, hvis du bare yder mig den samme service, som du bød de to. Det skal gøres i diskretion, forstår du nok. Min kone er ikke hjemme i aften.

Selma var helt tør i munden. Hun turde ikke sige noget. Hele studiet ramlede for hende lige der. Hun ville blive knust, hvis hun blev smidt ud af universitetet.

Alle hendes forventninger til sig selv var ikke noget værd lige der. Hun stod der midt i et stort hjemmekontor, hvor der virkelig trængte til at blive luftet ud. Et værelse med hundredvis af bøger i reolerne og et stort sort flygel i det ene hjørne. Der var spindelvæv i alle hjørner, og rummet mindede om noget fra en anden tid.

Det flød med papirer på et gammelt skrivebord, og så var der en slidt rødternet sofa.

Selma følte sig trængt op i en krog. Hun vendte ryggen til ham og fik tårer i øjnene.

Da hun pludselig mærkede hans hånd på røven, gøs hun. Hun frøs til is, og Antarktis voksede inde i hende. Hun vidste med det samme, at hun ikke ville kunne gennemføre det her.

Selma vendte sig hurtigt om og skubbede hårdt til rektoren. Han vraltede et par skridt bagud. Med et chok i ansigtet gik han ind i en fodskammel og røg ned.

Skæbnen ville, at han slog nakken hårdt imod flyglet. Det lød som et knæk, inden han drattede helt om. Selma holdt vejret. Han lå helt stille, da hun listede helt hen og så på ham. Hun turde ikke røre ham på halsen for at mærke puls.

Hun så sig ikke tilbage, da hun kort efter løb ud af kontoret og ud af villaen. Hun gik grædende hjem ad Strandvejen den aften. Det hele var noget lort, og hun kunne ikke styre det.

Nogle få dage senere var der nogle, der foreslog en weekendtur. Selmas mor havde forbindelser i Sverige, så det passede fint.

Hvis Selma kunne prale af sin viden, kunne **Signe** det modsatte. Hun sad lige overfor Selma. Ikke at de to havde synderligt og frygteligt meget til fælles at tale om. Sådan blev det nu bare.

Signe var det, som nogen kaldte en kunstig blondine og en pudderdåse. Det lange lyse hår havde aldrig været hendes egen farve. I mange år havde det været en kedelig blanding af brunt og leverpostej. Det kunne hun ikke leve med, så hun valgte at skifte sin egen naturlige farve ud med at være platinblond.

Det var mere anderledes end pænt til hendes i forvejen lyse hud. Det var typisk Signe. Hun brugte bare et ekstra lag make-up. Hellere et lag mere end det var nødvendigt. Det havde hun lært af en make-upartist fra fjernsynet.

Hun mente, det gjorde noget godt for hende. Ekstra lange øjenvipper og akrylnegle og godt med silikone i brysterne. Helst ikke mindre end tre hundrede millimeter i hvert bryst. Så en bh der næsten satte brysterne op under hagen på hende.

Hun sad der i toget i sine stramme hotpants. Skabt af et par jeans der var klippet i stykker måske kortere, end det var lovligt.

Hendes stiletter var uundværlige. De ville være upraktiske på et naturområde et godt stykke oppe i Sverige, hvor bunden ville være blødt muld, græs eller højt ukrudt, men det ragede hende langsomt.

Signe var sig selv, og hun ville benytte enhver lejlighed til at gøre sig til overfor en af de andre fra gruppen.

Hun var netop fyldt 18 og var altså den yngste i gruppen. Det der fyldte mest i hendes hverdag, var mobilen, Instagram og Facebook, hvor hun dyrkede sig selv. Signe havde også det talent, at hun kunne fedte sig ind på folk. Hun kunne fylde meget verbalt, men det var sjældent noget specielt interessant, der pippede ud af hendes lille trutmund. Signe var en stjerne i sine egne øjne. Hun havde i sin unge alder allerede fået sine femten minutters berømmelse. Man havde kunne se hende deltage i Paradise Hotel. Eller som hendes stedfar sagde:

- Hvorfor kalder man det ikke bare, "Alle knalder alle"? Det er jo det, det handler om?

Signe blev tosset, da hun hørte det. Kunne han virkelig ikke se det kulturelle i det program? Det var jo netop et program for alle aldre, hvor man så venskaber blive til og nogle gange forandre sig. Hun var en diva nu.

Hun kunne ikke overbevise sin stedfar. Hendes mor var en forsagt lille spinkel kone, der ikke sagde noget nævneværdigt og mest lyttede til sin mand.

Hun havde knapt nok sin egen mening om noget som helst. Både hende og manden var gået på pension, selv om det ikke passede økonomien særligt godt. Signes mor kunne simpelthen ikke arbejde længere.

Hendes ryg var slidt op efter mange års slid i rengøringsbranchen. Hendes stedfars historie var en ganske anden. Han havde en eller anden overtalelsesevne, når han sad på kommunekontoret. Så han havde fået sin pension, så tiden kunne bruges hjemme foran fjernsynet. I hjemmet var det moren, der stadig gjorde rent. Nu tjente hun bare ikke penge på det.

Signe var den yngste af en børneflok på seks. De fem andre var allerede flyttet hjemmefra og var alle i gang med deres uddannelse eller havde gjort den færdig og var videre med deres liv. Signe havde i begyndelsen af sit liv været en del forkælet måske bare set i lyset af, at hun var den yngste. Så blev hendes forældre skilt, og alting forandrede sig, da morens nye mand flyttede ind. Bare ikke til det bedre.

Nu boede han hos dem, og det var ikke lykken. Han havde sådan et stirrende blik på Signe, når hun gik rundt i hjemmet i sit undertøj. Det løb koldt ned ad ryggen på hende, og hun hadede det.

Hun blev heller ikke forkælet mere, og det var næsten det værste. Der skulle først og fremmest være penge til stedfarens øl, og så måtte moren se, hvad der var tilbage af skillinger i pungen. Det var sjældent ret meget. Det var et hjem med begrænsede midler. Virkelig modsat det hjem som Oscar kom fra.

Signe havde på et tidspunkt været kærester med Andreas, men hun ville mere end ham. Hvis det havde stået til Signe, var de pisket i Ikea og havde allerede valgt gardiner og et par bløde sofaer og en lænestol. Hun ville, men han var slet ikke klar.

Der var et kort øjeblik på togturen, hvor Signes mund stod usædvanligt stille. Hun var fanget af sine egne dagdrømme, hvor hun lod blikket kigge ud på Sverige, inden de ramte Malmø.

Det var en ældre dame, der så tilbage og så hende alvorligt i øjnene. En sød lille kone på 92, hvor det hed sig, at Signe kom for at hjælpe med lidt opvask. Sådan hed det sig.

I de sidste tre uger var der forsvundet flere og flere penge fra Annelise Hansens skuffe. Det var ikke en del af aftalen. Lige præcis de penge og det vidste Signe udmærket, at de skulle bruges til Annelises livsvigtige hjertemedicin. Ellers kunne det hurtigt gå fatalt for den ældre ensomme kone, der før end for tidligt kunne risikere at se solen gå ned for allersidste gang.

Den sidste uges tid havde mobilen brummet fra forskellige numre. Signe turde ikke tage den. Hun frygtede familien og ikke uden grund.

Annelise var indlagt og hang i med neglerødderne. Det var den besked, familien havde lagt på telefonsvareren. Der var hele tiden nogen, der skulle gøre hende opmærksom på, at den ringede, og hver eneste gang var det fra en journalist, hun ikke ville tale med, sagde hun.

Signe frygtede, hvad der ville ske, når hun kom hjem fra Sverige. Hun havde allermest lyst til at blive deroppe ved hytten et par uger. Så var den gamle kælling måske død.
Så gad de vel ikke ringe til hende mere, håbede hun.

Ved siden af Oscar sad **Andreas**. Vel nok en af FCK's største fans. Evig og altid klædt i klubbens hvide farver også på denne her togtur, hvor han benyttede enhver mulighed på at dreje samtalen over på fodbold, og hvor irriteret han var over, at turen netop skulle foregå denne her weekend, så han ikke kunne se klubbens kamp om lørdagen mod arvefjenden fra vestegnen.

De andre var ligeglade, men for Andreas var det en religion. Han havde sågar fået klubbens logo tatoveret på brystet. Det der ærgrede ham var, at han var den eneste, der syntes, at det var smart.

Andreas var slank som de andre i gruppen, men han var også godt bygget med en god sixpack og kraftige brystmuskler.

Han var en ihærdig anden divisions spiller fra Vanløse, der bare håbede, at FCK snart kiggede forbi og kunne gennemskue hans løbepensum og teknik.

Han var ikke så ringe endda. Det havde han i hvert fald fået at vide mange gange af sin far, der selv engang havde gjort sig på KB's tredje hold Han dyrkede selv sport derhjemme med tunge håndvægte.

I det hele taget kom Andreas fra en idrætsfamilie, hvor både han selv, faren, moren og hans storesøster havde dyrket det på et vist niveau. Søsteren var så den, der havde nået det højeste at repræsentere Danmarks B-hold i badminton mod England.

Andreas boede stadig hjemme. Han havde endda fået forældrenes soveværelse, så han kunne brede sig lidt mere i rækkehuset i Husum. Herfra styrede han sin karriere, som han højlydt kaldte det.

Andreas var Signes store drøm om et forhold. Hun kunne da godt få en tur i ny og næ.

I øjeblikket var Andreas skadet. Det var set i lyset af det, at han forsvandt ind i sine egne dagdrømme på turen til Malmø. Det var nok en af grundene til, at der var blevet stille derhjemme den sidste uges tid, hvor hans forældre havde set skævt til ham, som om de vidste noget.

Det hele begyndte den dag, hvor Niels Andersen fra Holbæk havde kastet sig ned i den takling. Andreas knæ gik ud af led. Han skreg af smerte og vrede. Han vidste bare, den var gal med det samme. Selv om Niels, den nar, stod og råbte undskyld hele tiden, ville Andreas bare ikke tilgive.

Han var så rasende og rød i hovedet, at man sikkert ville kunne tænde en cigaret i panden på ham. Eller brænde sig på en af de tusind gnister, der fløj omkring ham. Han fægtede med armene for at få fat i Niels, men der havde dommeren allerede givet ham det gule kort, og han løb væk.

Det gule kort. Hvad fanden var det for noget? Han skulle da smides ud i det mindste. Mens Andreas blev hjulpet ud til en kammerats bil, spillede de andre videre og tabte i øvrigt. Og det kunne man kun bebrejde Niels for. Andreas kogte videre.

Da han i det mindste kunne gå igen, tog han til Holbæk en aften. Han vidste, hvor de trænede og stod bare der i skyggen og skulede mod Niels Andersen.

Niels var selvfølgelig uvidende om, hvem der så langt efter ham. Han blev endda stående og trænede straffespark, da de andre gik i bad, som om der ikke kunne og ville ske ham noget. Han havde aldrig nogensinde forestillet sig, at det kunne komme dertil. Hvordan skulle han også det? Ikke før han var alene, og den sidste spot på træningsbanen var slukket. Der kom det første drøn af et slag fra en stor svensknøgle pakket ind i en plasticpose. Det mærkede ham med det samme i panden, og blodet piblede frem.

Det næste slag fældede ham. Det sad midt på knæet. Andreas kunne høre det knase. Det skulle egentlig have været det, men Andreas kunne ikke stoppe, da han først var gået i gang.

Han svingede den svensknøgle fra side til side og kunne mærke, hvordan han kom til at nyde det.

Plastikposen var en gul Netto-pose, men den var smurt ind i Niels Andersens blod, så det var svært at se logoet.
Da han stak af, var han hundrede procent sikker på, at politiet aldrig ville gætte, at det var ham. Hvor skulle de vide det fra? Hvad fanden knægten havde fået en røvfuld, og så var den ikke længere. Men det stoppede ikke der.

Da han et par dage efter sad og spiste sin daglige guldkorn i køkkenet, kom hans far tilfældigvis tidligt hjem fra arbejde. Han skulle til et andet møde, sagde han. Inden han gik igen, smed han lige avisen foran Andreas, hvilket i forvejen var underligt. Han købte aldrig avisen. Han læste sine nyheder på sin bærbare.

Avisoverskriften var ikke til at tage fejl af. Det kunne bare ikke være med vilje, at hans far smed den foran ham.

Blodigt overfald på fodboldspiller fra Holbæk. Han svæver mellem liv og død på hospitalet. Politiet er på bar bund, men hører meget gerne fra vidner, der har overværet overfaldet.

Overfor Andreas sad **Isabella**. Gruppens absolut smukkeste og mest jordnære pige. Hun havde modsat Signe sin naturlige skønhed. Der var ikke behov for alle de kunstige brugsmidler for at fremkalde et look, hun kunne være tilfreds med. Derudover var Isabella en pige med ben i næsen. Hun sagde, hvad hun mente, når hun mente det. Over det kønne ansigt, med den misundelsesværdige glatte hud, bølgede et kraftigt gyldenbrunt hår, mens hun så ud mod virkeligheden gennem et par chokoladebrune øjne, der nok ville få de fleste ungersvende til at vende sig en ekstra gang.

Men de kunne have sparet sig. Isabella havde gennem de sidste par år dannet par med Cecilie. Isabella kunne godt være lidt af hvert, hvis man så hende på afstand. Hun var ikke mandhaftig men heller ikke udpræget feminin. Hun kunne lige så tit gå i soldaterstøvler og slidte jeans, som hun kunne bære en kort nederdel af læder.

Hun var ved at uddanne sig til maler, hvorfor det ikke ville være så mærkeligt at se hende køre i bus på vej hjem fra arbejde iført en plettet mørkeblå kedeldragt, hvorefter man kunne se hende på nogle af Københavns kendte barer om aftenen iført meget lidt, mens hun vuggende og æggende dansede en uartig dans til musikken, hvis bare der var et beat.

Som hun sad der i toget, havde hun klædt sig i et par shorts, der lige så godt kunne være hendes fars. De var alt for store og måtte strammes godt ind med et bælte. Hendes T-shirt var noget af det samme. Små to numre i overkanten. Så havde hun klippet ærmerne af for at gøre den mere sommerlig. Der var forholdsvis frit udsyn ved ærmegabet til hendes naturligt velbygget barm, der ikke blev holdt oppe af bh. Det kunne skifte fra dag til dag. Måske gad hun i morgen og måske ikke.

Gennem sine solbriller så hun godt Andreas sidde og stirre, og det ragede hende langsomt. Han kunne stirre lige så tosset, han ville. Det var ikke ham, der skulle kæle for hende i fremtiden.

Isabella kom fra en håndværkerfamilie. Faren var murer og gik stadig på arbejde. Hendes mor ernærede sig som sekretær i et elektrikerfirma. Men håndværkerne kom fra farens familie. De havde været murere, malere eller blikkenslagere langt tilbage i familietraditionen. Hendes mor havde dog ønsket, at hun var gået en anden vej.

- Der sidder et godt hoved på dig Bella. Hvorfor søger du ikke videre?

Hun var aldrig blevet kaldt andet end Bella hjemme. Heller ikke af hendes to små brødre, Johnny og Tonny, der begge var præcist to år yngre end hende. To små karseklippede læseheste på 17 år.

Isabella sad med lukkede øjne og lod det sidste af en lang dagdrøm køre gennem hovedet. Det hele havde ændret sig til noget, hun ikke længere kunne styre, og hun hadede det. Hadede at hun ikke havde styr på situationen, for det var nødvendigt.

Da det gik op for hende, at følelserne var rendt ud af en sidevej, fordi græsset måske var grønnere der. Der var det begyndt at ændre sig til noget helt andet. En uholdbar situation. Cecilie havde været en god og kælen kæreste i to år. Isabellas familie var indforstået med det. De var ikke engang overrasket, da hun kom hjem og fortalte det.

- Prøv at høre her. Jeg er til piger.

Det var ikke en gang nogen overraskelse. Kun for Isabella, at de havde luret den.

- Har I kunne se det på mig?

Der havde bare været den brede enighed om, at det var tydeligt. Nu var det hele bare vendt på hovedet. Den aften da hun var gået forbi Cecilies forældres soveværelse, og hendes far havde ligget derinde uden dyne eller nogen anden form for dække. Hun havde taget sig selv i at stå og kigge og blev opdaget.

Han kiggede på hende, og hun kunne se, at han fik rejsning. Det havde tændt hende som aldrig nogensinde før. Hun vidste, at Cecilie lå og sov tungt, og der forbrød hun sig. Hun listede ind og lagde sig ved siden af ham. Det tog den halve nat, og det var mere end fantastisk. Cecilies mor var sælger og var ofte væk i hele weekender.

Isabella troede aldrig, at hun skulle opleve det, og hun oplevede en ny verden, der åbnede sig op og løsnede hendes frie valg. Frit var det vel ikke. Hun var stadig kæreste med Cecilie, og det var sådan set også godt, men det her, inde i soveværelset ved siden af, var en elskovsmiddag, der aldrig blev spist op. Hun kunne slet ikke standse da det først eskalerede. Mere ville have mere.

Isabella var tvunget til at træffe en beslutning. Hun kunne kun se én. Hun arrangerede en aften kun for hende og Cecilie med lækker mad og et glas vin. Hun gik til bekendelse og sagde, hun havde mødt en. Cecilie var knust. Hendes verden ramlede sammen. Isabella sagde selvfølgelig ikke, hvem det var. Det kunne hun ikke, da hun skulle. Cecilie gik grædefærdig hjem, og Isabella var lettet. Hun ringede til ham og måtte bare dele nyheden med ham, men her kortsluttede det hele for hende.

- Isabella, jeg kan ikke. Du har været min datters kæreste i to år. Jeg kan heller ikke gå fra min kone. Jeg elsker hende, og det er forkert, det vi har gjort.

Den aften stod hun og slog sig i hovedet nede i kælderen, som et institutionsindlagt forvirret menneske uden for pædagogisk rækkevidde, der hverken vidste ud eller nogen vej ind. Hun lånte sin fars firmavogn uden at spørge.

Det var ellers kutyme, at man lige slyngede en bemærkning ud inden, man bare tog vognen.

Isabella tæskede vognen gennem byen og snød de fleste sving. Hun måtte bare tale med ham. Det kunne bare ikke passe det her. Inden hun nåede helt hen til deres hus, fik hun øje på Cecilies mor, der kom gående med to tunge indkøbsposer, og der slukkede alt det sidste fornuftige lys for hende. I stedet for at sætte farten ned, trådte hun på speederen.

Der var ikke nogen, der så det. De var alene på vejen. Hendes fars firmavogn var heller ikke blevet set. Da hun kørte hjem den aften, var hendes verden forandret igen. Der var ikke flere rejsninger og elskovsmiddage. Der var lukket af, også for følelser.

Lokomotivføreren lukkede luft ud fra togets forreste vogn, da de endelig holdt stille på Malmø station, og så var det tid til at vende tilbage til virkeligheden og lægge dagdrømmene fra sig og gemme dem i nogle andre skjulte rum i baghovedet.

Det lød som et lettelsens suk fra togets motor, da blandt andre de fem venner stod af.

Signe så langt efter Andreas, fordi hun håbede, at han i det mindste lige ville give en hånd med hendes bagage, men det var mere ønsketænkning end realitet.

Hendes bagage kunne rage ham langsomt. Han greb sin egen rygsæk og haltede ned ad gangen. Isabella lagde godt mærke til det, og tog sig i at få en smule ondt af Signe.

Det havde været en offentlig hemmelighed siden femte klasse, at Signe var forelsket i Andreas, men det havde bare aldrig rigtig båret frugt.

Andreas havde taget sig den frihed at stjæle hendes mødom ved første mulighed ved en klassefest i syvende klasse. Siden den gang var der ikke nogen vej tilbage for Signe. Hun hang op ad ham som klister.

Man så aldrig ham uden, at hun også var der.

Det irriterede Andreas, og han skubbede hende væk, for så at bruge hende igen ved næstkommende lejlighed. Da de gik i ottende og var på lejrtur på Bornholm.

Der var ikke meget romantik i det, men Signe troede vitterlig på kærligheden. Lige indtil han knuste hendes hjerte, da de kom hjem.

Noget anderledes så det ud, da Oscar hjalp Selma ud af toget. Hun tog da også imod det med et lille smil, men så var det heller ikke bredere. Han tilbød også at tage hendes rygsæk, men der afslog hun. Så mange point havde han heller ikke fået samlet sammen. Han var hende utro med en eller anden tøs, som ringede og sagde, hun var gravid. Der lukkede kassen i og tilliden var brudt og kunne ikke umiddelbare købes tilbage for nye penge, selv om Oscar gjorde et ihærdigt forsøg.

Der var ikke nogen, der hjalp Isabella ud af toget. Det var heller ikke nødvendigt. Hun kunne klare sig selv, og var selv i stand til at tage sin weekendtaske over nakken.

Det der til gengæld undrede hende, var den der stikkende fornemmelse, hun havde, da hun steg ud af toget, som når nogen stod og stirrede på en. Den brændte som flere varme knive i ryggen på hende. Isabella vendte og drejede sig, men hun kunne ikke se noget.

De så hende, men hun så ikke dem. De så dem alle fem, men de fem så ikke dem.

Andreas så sig omkring, da de nåede ud fra banegården, mens Signe greb sin mobil.

Oscar stod med let spredte ben og smilede efter et par lyshåret svenske piger, der listede forbi. Han bemærkede godt, de kiggede på ham, og han nød det det. Selma tog solbrillerne af og lod blikket nærstudere de omkringstående biler. Det var hende, der havde ansvaret for resten af turen fra banegården og op til hytten.

- Er han på vej, eller kan du se ham, spurgte Isabella.

Selma havde fået fat i sin onkel, der havde bosat sig i Sverige. Han havde selv købt en ødegård, nogle hundrede kilometer fra hytten, og brugte al sin tid på at gøre den i stand. Henrik var praktisk anlagt og elskede sit liv alene på gården. Han nød ikke særligt gerne, når folk kom for tæt på ham, så druknede han næsten i angst. Han kunne holde til det i nogle få timer, og så måtte han flygte. Det var som myrekryb, der angreb hans hårrødder og kravlede rundt på kroppen af ham, sagde han.

- Der er han sgu, råbte Selma og pegede hen mod en mand, der kom med raske skridt.

Hun løb hen til ham og ville kramme ham, men han tog armene op med et kryds. Han havde et alvorligt ansigtsudtryk. Selma var en smule skuffet og trak sig væk.

Henrik var en stor mand på næsten to meter.

Han havde et firkantet groft skåret ansigt med skægstubbe. Hans hår var et stort, rødt og filtret garn, der stod til alle sider.

Øjnene stirrede på alle de fem unge uden at sige noget vigtigt eller godt. Han vinkede ad dem og viste vej.

- Jeg holder herhenne, lød det fra en mørk brysk stemme.

Alene hans stemme fik det til at løbe koldt ned ad ryggen på Signe, der følte, at han lige målte hende med øjnene og et sultent blik.

Andreas kiggede over på Oscar, der nøjedes med at ryste på hovedet. Du skal ikke sige noget, han er bare mærkelig, tænkte Oscar, men lod være med at sige noget. Netop de to skulle måske heller ikke ytre deres mening. De havde ikke selv for travlt med ikke at lade deres sultne blikke jage efter sommerklædte unge piger, hvis muligheden kastede en chance af sig.

Henrik hjalp pigerne med deres bagage, mens han stadig kiggede på Signe, der virkelig hadede hans kvalmende blik.

Han var klædt i en gammel grøn hullet kedeldragt og sure bare tæer i et par træsko, der helt sikkert ikke ville klare en sæson mere. Så slidte var de.

Henriks vogn var en gammel sort jeep med rust pletter over det hele. De mindede om leverpletter på en gammel mands hånd. Vognen var vel også ældre end de fleste på turen. Chaufføren åbnede bagdørene, og de knirkede. Signe greb fat i armen på Andreas.

Isabella lod sig ikke skræmme og var frisk på et hurtigt spring ind i vognen. Ikke længe efter kørte de af sted. Signe fik plantet sig mellem Oscar og Andreas.

Turen var jævnt kedelig. Der var ikke ret mange, der sagde noget. Selma havde forsøgt sig med et par høflige fraser om familien, men Henrik reagerede ikke på det. Han virkede indelukket og gjorde sig mest bemærket ved at lugte dårligt både fra de særdeles sure tæer og en uhelbredelig rådden ånde, der snildt kunne minde om spildfisk.

Andreas var ved at være utålmodig. Jeepen var ikke specielt hurtig.

- Hvad tid kan vi regne med at være fremme, spurgte han højt.

- En lille time mere, udbrød Henrik, mens han forsøgte at skjule et lille ræb.

- Der er ikke noget fjernsyn deroppe vel, spurgte Andreas.

- Du skal være heldig, hvis du kan få strømmen til at virke, svarede Henrik irriteret.

Han var asocial og ikke til de der samtaler med ligegyldige unge mennesker, der ikke sagde ham noget videre.

- Jamen jeg skal altså have min mobiltelefon ladet op, kom det fra en skinger stemme.

- Er det vigtigt, spurgte Isabella og så på Signe med trætte øjne.

- Det er det da, hvis de ringer fra Ekstra Bladet og skal have flere interviews.

Foran ved siden af Henrik sad Selma og himlede med øjnene.

Hun rystede på hovedet. De var mere end trætte af at høre om hendes tur i Paradise Hotel, og alle de partys hun efterfølgende havde rendt til.

Signe så sig selv som en fucking diva. Intet mindre. Hun havde ryddet forsiden. Derfor.

- Ligger hytten ikke lige ud til søen? Det synes jeg, at mor sagde.

Henrik trak vejret tungt og smilede lidt for sig selv.

- Det gør den nemlig. En ren flot sø, fyldt med liv. Der kan I bade helt nøgne, uden at nogen holder øje med jer. Det kunne der måske være nogen af jer, der gjorde.

Han drejede hovedet helt om og målte Signe fra top til bund. Så bed han sig i underlæben og lod lige tungen fugte ganen.

Andreas lagde godt mærke til det og sukkede højlydt på Signes vegne. Det glædede hende en smule, og hun sendte ham et sødt smil.

- Hvordan har mor det ellers, brummede Henrik hen mod Selma.

Hun var ikke vant til, at han interesserede sig for sin familie, så spørgsmålet var lidt overraskende.

Hun rettede sig op, inden hun svarede.

- Det går vist meget godt, tror jeg. Du kunne også prøve at ringe til hende. Det er trods alt din lillesøster, ikke.

- Jeg har ikke nogen telefon, kunne Henrik svare uden at lyve.

Han satte farten lidt op, mens han irriteret trak ud i overhalingsbanen.

Så blev der stille i vognen igen. Sådan en belastende stilhed der trængte helt ind i dem alle sammen.

Henrik der ikke ville tale med sin lillesøster. Henrik der håbede, de ville bade nøgne. Henrik der stirrede sultent på Signe. Det hele virkede belastende og upassende.

Ikke fordi gruppen ikke også kunne se tilbage på upassende handlinger, men lige her i den ualmindelig gamle grimme rustbunke af en ildelugtende jeep virkede det bare stærkere på de unge mennesker.

Turen var dræbende, og den trak tænder ud, så der blev åndet lettet op, da Henrik satte farten ned og kørte ind i skoven.

Jeepen hoppede gennem et par grusveje nogle hundrede meter, hvorefter den drejede ind til højre, hvor hytten lå.

Hytten lå omkranset af store gamle egetræer. Der var en større åben terrasse med et gammelt bord og en håndfuld stole. Der var to glasdøre. Det var ved hoveddøren. På hver side af hoveddøren stod der to store krukker fyldt med ukrudt og vilde blomster i alle farver. På en eller anden måde kastede det noget hyggeligt af sig.

Det var ægte gamle bjælker, der lå på tværs langs huset. Der var græs på taget. Det virkede idyllisk. I hvert fald på nogen af dem.

Signe virkede ikke udpræget tilfreds. Oscar stod også stille, inden han traskede op mod hytten.

Hytten var kun kvart så stor, som hans families hus på Mallorca. Men hvad kunne man forvente? Det var ikke ham, der havde bestilt det.

Andreas var ligeglad med huset og dets udseende. Han stod og nød solen og udsigten over søen. Der var små hundrede skridt fra hoveddøren, og så startede badebroen.

- Jeg skal da i vandet, inden solen går ned, det er da helt sikkert.

- Ja, du kan jo altid bade nøgen, sagde Isabella og stak i en latter.

Henrik var allerede inde i vognen igen. Han rullede vinduet ned og kiggede ud på Selma. Han nikkede til hende og pegede over mod skoven og mod Signe.

- Jeg bor jo kun et par hundrede meter væk eller halvtreds meter gennem skoven, hvis tøsebarnet der kommer til at kede sig.

Hverken Selma eller nogen andre havde den nødvendige lyst til at kommentere det.

Der var en støvsky efter jeepen. Den lagde sig hurtigt, og så var der fred.

Et andet sted, på den anden side af søen, blev der slået lejr, og et mindre bål blev tændt. Et telt blev slået op, og en større rygsæk blev lagt frem. Den blev tømt for diverse remedier, der de næste dage ville afgøre nogles skæbne.
To kolde ansigter så hinanden i øjnene, inden de gik nøgne i søen.

Der var tre soveværelser i hytten. Isabella tog det ene og var sikker på, at hun skulle sove alene.

Oscar lovede Selma at opføre sig ordentligt, hvis de bare kunne sove sammen. Det passede Signe godt, for så var Andreas tvunget til at sove ved siden hende.

Andreas indvilgede uden at være svær at overtale.

Signes nye bryster, og de små hotpants havde alligevel gjort sig godt.

- Du må undskyld Selma, men din onkel virkede mig en smule underlig, sagde Oscar.

- Jeg syntes, han var dissideret klam, helt ærlig, sagde Signe.

Selma sagde ikke noget først. Signe havde jo ret for en gang skyld. Hun forstod godt, hvad de sagde. Hun rystede på hovedet og så ned i gulvet.

- Jeg tror, han er blevet mærkelig af at bo heroppe helt alene. Han ser aldrig nogen, og han ringer aldrig til min mor. Han kender dem, der lejer denne her hytte ud. Min mor har

prøvet at skrive til ham flere gange, men der kommer ikke nogen respons. Heldigvis kender min mor også dem, der lejer hytten ud, så vi kunne få fat i dem.

Signe blev svært tilfreds, da det gik op for hende, at der var masser af strøm i hytten.

Det gik op for Andreas, at der rent faktisk også var en radio og et fjernsyn. Han sprang rundt som en indianer, der netop havde røget en fredspibe med noget blandet tobak i, lige indtil knæet klikkede, så stoppede dansen. Han lagde sig ned og ømmede sig og bandede Niels Andersen fra Holbæk langt væk.

- Har du i øvrigt hørt, at han er blevet overfaldet, spurgte Oscar.

Andreas stoppede sin klagesang og tog imod Oscars hånd til at komme op at stå.

- Hvem er blevet overfaldet?

- Niels Andersen fra Holbæk. Han ligger på intensiv.

- Nej. Hvor skulle jeg have hørt det henne? Det aner jeg ikke en skid om. Hvor skulle jeg vide det fra?

Han haltede ind på værelset, hvor Signe stod klar til at have ondt af ham. Oscar vidste besked og så smilende efter Andreas. Han var ikke så svær at læse.

Ikke meget mere end en halv time efter lå de alle fem ude på badebroen.

Det de havde aftalt at tage med, var pakket ud. Brød og en smule dåsemad. Et par flasker sprut og et par liter sodavand. En masse smøger og lidt fjolletobak.

Signe havde desuden medbragt en meget lille bikini, og det var næsten mere, end Andreas kunne klare, så han var hoppet i vandet.

Solen bagte fra en blå himmel uden de fjerneste skyer i mange miles omkreds.

Sommeren var på sit højeste sidst i juli og ville endda vare et stykke ind i august, havde de lovet. Det skulle nydes i weekendens fulde drag. Så her var de alle fem med hver deres hemmelighed, som ingen af dem havde lyst til at dele.

Andreas kom til syne ved overfladen og brølede op om, hvor lækkert vandet var.

Signe sprang i og kom til syne. Hun skreg op om, hvor koldt det var.

- *Kan de ikke bestemme sig,* spurgte Isabella.

Hun lå og skinnede og duftede af kokos efter den olie, hun havde smurt ud over sig.

- *Lad børnene more sig,* sagde Oscar og tændte en cigaret.

Hans sorte Ray-ban solbriller skjulte hans blik, der tungt hvilede på Selma. Hun lå på maven i ikke meget andet end et par hvide g-strengstrusser. Oscar åd hende ret.

Andreas kom til overfladen igen og hylede op.

- *Fuck mand. Det var som, der var nogen, der tog fat i min fod under vandet. Shit hvor blev jeg forskrækket mand. Var det dig,* spurgte han anklagende over mod Signe.

Hun rystede på hovedet og slog ud med armene.

- *Nej det var det ikke. Hundrede procent.*

Et stykke derfra. Oppe på en bakke bag nogle tykke ege stod Henrik med en kikkert.

Med den ene hånd om kikkerten, og den om hans erigerende lem.

Han stønnede, mens han stod og nød synet af Signe, der var i færd med at kravle op af vandet, eller Isabella der lå der og skinnede.

Han kunne næsten ikke klare det mere. Det varede ikke længe, før han kom. Han rystede over det hele, men inden det kom så vidt, blev han ramt to gange i ryggen. Ramt så hårdt at et eller andet borede sig ind i kroppen på ham. Han begyndte at bløde fra munden. Han kunne ikke sige noget. Han rallede kun, mens han langsomt begyndte at gå i knæ. Han blev ramt tredje gang. Den sidste pil borede sig gennem halsen på ham.

Henrik blødte voldsomt og kunne end ikke ralle mere. Han lukkede øjnene.

To skikkelser trådte frem fra en skyggeplads i skoven. Den ene tog en mobiltelefon op af lommen. Der blev trykket et nummer.

- Det er Jæger 2 her. Onklen er død. Vi fortsætter.

Isabella så sig omkring. Hun havde den der stikkene stirrende fornemmelse igen.

De andre var ved at pakke sammen og ville tilbage i hytten. Isabella lod sin slanke og veldrejede krop glide ned i vandet for lige at skylle olien af, mens hun spejdede rundt i skoven. Måske fik hun øje på at par skikkelser i skoven, men kun måske, og lige med et var de væk.

En fest for gammelt venskab skyld kørte i et højt adrenalinpumpende tempo. En af mobiltelefonerne var sat til højtalerne, hvorfra et fast beat bankede ud af højtalerne.

Alle de sidste nye hits brølede i takt til de dansende midt i stuen. Det var kun Isabella, der blev siddende med en hjemmerullede cigaret med tobak, der var ristet med en lighter under et stykke sølvpapir.

Hendes øjne himlede, mens hun var væk i en anden verden af farver, illusioner, drager og riddere. Hun fløj på et tæppe ud over stepperne og så skoven og søen fra oven.

Signe dansede så sexede, hun magtede foran Andreas, der gav sig hen til hende, måske set i lyset af et par gevaldige stærke drinks med Vodka blandet med en lille smule sodavand.

Signe havde drukket hvidvin og var helt oppe at ringe. Hun følte en masse, og det så ud til at Andreas også følte noget.

Midt under dansen smed hun sin lille top. Hendes bh magtede næsten ikke opgaven med de nye bryster.

Flere gange under dansen måtte hun lige rette den for ikke at smide lasten over bord.

Oscar så ud som om, han dansede alene. Der var et stort spejl på væggen, og den unge fyr havde travlt med at dyrke sine egne bevægelser.

Selma lagde mærke til det og forlod dansegulvet. Enten var han der for hende og ikke for sig selv, eller også var han der slet ikke.

Selma kastede sig i sofaen ved siden af Isabella. Hun tog cigaretten fra hende og hev et par dybe hvæs. Det kradsede helt ned i halsen og havde hurtig en virkning.

- *Hold kæft den er stærk den her,* råbte Selma og pegede på cigaretten.

- Den er perfekt, råbte Isabella tilbage.

- Hvordan går det med dig og Cecilie, spurgte Selma, mens hun hostede spyttende.

Der var en lang pause, hvor ingen sagde noget, og hvor det eneste man opfattede, var Andreas der nærmede sig Signe med blik, der allerede havde flået resten af tøjet af hende. Oscar stod stille foran spejlet og rappede sig gennem et af Nik & Jays numre.

- Der sker sgu ikke rigtigt noget på den front, svarede Isabella og så sløvt på Selma.

- Hvorfor ikke? I var sgu da skideglade for hinanden.

- Der sker så meget ude i virkeligheden, og nogle gange fatter man det ikke.

- Hvad snakker du om, spurgte Selma forvirret.

Isabella svarede ikke. Hun forsøgte at komme på benene og startede sin egen dans.

Oscar så det som invitation og nærmede sig, men han fik et skub.

Der gik ikke mange øjeblikke, så var Andreas i færd med at slæbe en lykkeligt skrigende Signe med ind på deres værelse. Til de andres held lukkede de døren.

Isabella stod midt på gulvet med armene ud til siden og drejede rundt om sig selv.

Oscar droppede dansen og satte sig ved siden af Selma. Noget ville han have ud af festen. Helst med Selma men Isabella kunne også bruges.

Selma vendte sig og så på ham med et par skeløjede øjne.

- Hvis vi to laver noget i nat, betyder det ikke, at vi kommer sammen igen. Forstået?

Mere skulle der ikke til, så logrede Oscar med halen og fulgte med.

Musikken flippede ud til midt på natten. Så var der ikke flere numre på telefonen.

Der blev stille omkring hytten ved skoven og søen. Der var heller ikke flere gisp eller støn fra nogle af værelserne. Der blev heller ikke tændt flere joints fyldt med farver og illusioner og håb, drømme og forventninger.

Mørkklædte skikkelser nærmede sig hytten.

En lille gruppe på to listede ganske langsomt rundt.

De lyste ind ad vinduerne for at sikre sig, at de alle fem stadig var i hytten.

Lyskegler strejfede de sovende ansigter, der alle sammen var alt for langt væk til at opdage noget.

De mørke skikkelser mødtes nede ved vandet, og nye aftaler blev til. De tjekkede deres våben og gjorde klar.

Solen skinnede fra en skyfri himmel, mens formiddagstimerne sneg sig af sted.

Der var endnu ikke så meget liv i huset.

Stuen lignede krigsskueplads, eller noget der mindede derom. Der lå væltet halvfyldte flasker, hvor en del af indholdet udgjorde en lille sø på gulvet.

Askebægeret var fyldt og byttet ud med en kagetallerken, der også var mere end proppet med halve cigaretter og grå aske.

Der lå aske på gulvet og på bordet rundt om en tallerken. Der lå sågar aske i nogle af de tomme glas.

På spisebordet stod der rester fra en hjemmelavet pizza. Der var ikke indtaget synderligt meget mad, så tre kornfede fluer havde rigelig tid til at flyve rundt og forbi hinanden for at markere og indtage, hvad de havde lyst til.

Der var fire nedbrændte stearinlys i hvide porcelænsstager. Stearinen var løbet ned af lyset og på dugen, hvor den havde lagt sig som et abstrakt maleri.

Klokken var helt henne omkring halv et før, der var nogle, der fik øjne. Det fik de til et ordentligt råb fra Signe. Denne gang var det ikke af lyst men af raseri.

- Så er du krafteddemig også en kæmpestor IDIOT. FUCKING SPASSER.

En dør blev flået op og smækket hårdt i. Hoveddøren fik også et ordentligt fur. Hun havde bandet hele vejen gennem huset. Hun græd samtidig.

Selma kom ud fra deres værelse kun iført trusser og armene korslagt over brysterne.

Hun skyndte sig tilbage på deres værelse og hoppede i et par shorts og en bluse.

Hun fangede en grædefærdig Signe et stykke længere inde mod skoven.

- Bare han får sex, så er han ligeglad med mig, den narrøv. Lige nu hader jeg ham, og så elsker jeg ham bagefter. Det er det, der er så forbandet. Han ved også godt, at han bare skal pifte, så kommer jeg rendende tilbage til ham. Den lort.

Hun snøftede i Selmas arme, der gav sig tid til hende.

- Nu går jeg bare lige en tur for mig selv, så kommer jeg tilbage til hytten, men jeg deler fandeme ikke værelse med ham igen.

- Nej det kan Oscar få lov til. Få du nu lidt frisk luft eller hop i søen og bliv skyllet og så kom tilbage, ikke?

- I øvrigt er hans pik ikke særlig stor, sagde Signe smilende mellem tårer.

Selma skreg af grin. Det var helt befriende med sådan en latter.

- Det er godt skat, vi ses, sagde Selma inden hun vendte sig og gik tilbage.

Signe vaklede videre på stiletterne og selvfølgelig usikkert. Hun tørrede sine øjne og slyngede flere eder og forbandelser ud over Andreas. Gid han ville brænde i helvede, men samtidig ville hun ønske at lande på en øde ø sammen med ham. De var så stærke hendes følelser. Hvorfor kunne han ikke se det? Narrøv, men han var også en forbandet lækker narrøv. Signe kunne slet ikke slippe tanken, mens hun kæmpede sig videre ind i skoven.

Træerne stod rimelig spredt, så det var ikke svært for solen at kaste klare lune stråler ned i skoven.

Signe kunne lide det. Hun ville heller ikke hjem. En håndfuld tanker fór gennem hovedet på hende omkring Annelise Hansen. Den gamle kælling skulle jo dø før eller siden. Det var fandeme ikke hendes skyld, hvis hun stod af nu. Alle de penge hun havde liggende i skuffen. Dem kunne de sgu garanteret få refunderet andre steder. Rige gamle kælling.

Signe var langt inde i sin egen verden og ænsede kun sine egne skæve skridt. Små tynde grene, der ikke længere havde gunstige tider på de store kroner, flød under hendes små sko. Hun kunne ikke træde mange skridt, før de knækkede under hende

Alligevel, ja alligevel var der pludseligt en knæk for meget. Signe stoppede sine skridt, og der kom et knæk ekstra igen bag hende. Meget langsomt vendte hun sig om.

Hun regnede ikke med at møde nogen. Hun stod helt stille, da skikkelsen stod lige foran hende. Signe kunne ikke finde på noget at sige. Hun stod med åben mund, og lige der ville hun ønske, at hun igen var sammen med Andreas. Skikkelsen foran hende havde maske på og var særdeles større, end hun var.

En anden skikkelse kom bagfra, og inden Signe kunne nå at reagere, fik hun en løkke om halsen. Den var flettet i groft læder, og to sekunder efter strammede løkken om halsen. Signe nåede ikke at sige et eneste ord. Med bævrende læber mærkede hun sine fødder lette fra jorden. Skikkelsen bag hende var en bred mand med store markerede overarme. Der var løftet godt i håndvægtene derhjemme.

Han trak hårdt i læderrebet, så Signe hurtigt røg små to meter over jorden. De hørte, hun gispede og kæmpede sin kamp for at få luft. Hun sprællede og ønskede, at hun havde luft til et langt skrig, så Selma ville komme løbende tilbage til hende. Der var bare ikke så meget luft tilbage i lungerne. Læderløkken sad hårdt og stramt. Hun græd højlydt. Ville Andreas dog bare komme nu.

De to skikkelser nede på jorden så hinanden i øjnene. Så greb de begge to læderrebet. De slækkede lidt på det, og så tog de fat begge to.

Det var ikke en af kronernes små efterladte grene, der knækkede denne gang. Det havde sin virkning.

Signe hang helt stille fra træet. Hun gispede og sprællede ikke mere. Hendes øjne var åbne. Fra hendes åbne mund kunne man ane tungen og en smule savl, der landede på skovbunden. Hendes læber var mere eller mindre blå. De trak ekstra hårdt i læderrebet og hævede hendes døde krop yderligere et par meter op. Skikkelserne nikkede til hinanden. Der var ikke nogen af dem, der havde lyst til at se op på Signe.

Det var en ny oplevelse, de håbede aldrig at skulle opleve igen.

Den ene af dem tog en mobiltelefon op af lommen, mens den anden masserede sine overarme. Det var ikke så let, som han havde forventet. En ung slank pige vejede mere, end han havde regnet med.

- Det er Jæger 1 her. Vi fik fat i Signe. Hun er elimineret. Vi fortsætter.

Tilbage i hytten stod Selma og så surt på Andreas. Han så tilbage på hende med noget, der nok skulle ligne et angrende blik.

- Ved du hvad Andreas, nogle gange kan du altså godt være en røv over for Signe.

- Ej hold dog kæft, jeg har sgu da aldrig lovet hende noget, forsvarede han sig.

- Jo du har. Det har du gjort flere gange. Jeg har selv hørt det, kom det anklagende.

Andreas rystede på hovedet og så over på Oscar i håb om, at han ville forsvare ham.

Der kom ikke rigtig noget fra Oscar. Dels var han lige vågnet, og dels fik han et alvorligt blik fra Selma. Det blik sagde det hele. Du lukker bare røven lige nu.

- Signe er sgu da en voksen dame. Hun må sgu da vide, når man siger noget for sjov.

Selma gav ham fingeren.

- Nu er du eddermame en nar. Du ved godt, at Signe har været forelsket i dig, siden vi var for små til sådan noget. Men du pisser bare på hende, når det passer dig.

Andreas slog ud med armene og sendte endnu et blik mod Oscar.

- Har du hørt, at jeg har lovet hende noget Oscar? Helt ærligt.

Det var et brændende ønske fra Andreas, at hans ven gennem mange år ville hjælpe ham. Samtidig var det en brændende ordre fra Selma, at Oscar svarede ærligt.

Han satte sig i sofaen og så op på Andreas.

- Nej Andreas. Du har ind imellem været en klaphat overfor Signe. Det ved du også godt selv. Prøv at høre her, jeg ved godt, når jeg har dummet mig, og det burde du også vide. Lige præcis med Signe. Ikke? I går aftes var hun god nok, fordi du var fuld, og så er hun ikke noget værd i dag. Så er du ikke skidesmart. Vel?

Andreas kogte bag pandelappen.

- Ej noget pis. Hold da kæft Oscar. Da du kom sammen med Selma, der var du da ikke en skid bedre selv. Hvor mange gange har du ikke bedt mig holde kæft med nogle af de tøser, du slæbte med hjem? Fuck hvor er det nederen det her. Så gider jeg sgu da ikke være her mere.

Han vendte rundt og sagde ikke mere. Han traskede ind på værelset og smækkede med døren. Tilbage sad Oscar og så ned i gulvet, mens Selma sad og stirrede stift på ham. Hun knyttede sin næve og plantede en solid lammer på hans skulder.

En anden dør gik op og en søvnig Isabella dukkede op i en T-shirt, der var alt for stor.

- Nå men god morgen til jer. Er der violer i luften, eller er der nogen, der er en smule skuffet? Jeg synes, det er en meget fed hytte.

Hun fandt et skod og tændte det. Tobakken blev suget helt ned i lungerne, og Isabella nød det. Hun stønnede højlydt, som var det bedre end sex.

Oscar havde røde kinder og sagde ikke noget. Selma rejste sig og gik ind på værelset og fandt sin mobiltelefon. Hun trykkede et nummer, men den ringede ud.

- Jeg laver lige en spand kaffe, sagde Isabella.

- Signe svarer ikke, når jeg ringer. Jeg tror sgu, jeg går en tur og leder efter hende. Og du går med Oscar. Er du med?

Selmas ord var ikke til at misforstå, og kun fordi han ville vinde hende tilbage, reagerede han. Han var ikke den selvsikre playboy, han gerne ville være, lige nu.

- Ja jeg skal nok gå med. Jeg tager lige en klat gele i håret først.

Selma gik hen og fat i hans arm og klemte hårdt.

- Ja, for hvis nu der kommer nogen naive svenske tøser forbi, ikke? Vi går NU!

Solen bragede stadig ned over den svenske hytte, mens Andreas sad inde på værelset og bandede for sig selv. Han havde pakket sin taske, men ville ikke rigtig erkende det faktum, at han rent faktisk havde lovet Signe både guld og nogle grønne skove plus det ene og det andet. Både forfra og bagfra. Bare han fik sin udløsning.

Det var også noget ged, Oscar krøb som en lille naiv umoden bille hver gang, Selma greb ordet. Okay, måske havde han været en lort overfor Signe, men han var sgu ikke bedre end Oscar på det punkt. Oscar var bare en tøsedreng på det område. Sig dog sandheden!

Signe var sgu da en skideflot pige, men hun rendte altid efter ham. Han kunne ikke rigtig holde det ud. Ordet undskyld hang som en tung skyld over hans hoved.

Hvorfor var det altid ham, der skulle sige det? Fuck noget pis. Men muligheden for bare at stikke af nu og her var ikke en reel mulighed. Selmas onkel gad sgu nok heller ikke køre den tur.

Andreas rejste sig og kylede sin taske ind i væggen, så hans tøj fløj ud af den til alle sider. Han fik øje på et billede af ham selv i et lille spejl på væggen.

- *Ja for helvede, jeg skal nok finde Signe og sige undskyld, idioter,* hviskede han.

Oscar gik gennem skoven og så ned i jorden, stadig en smule flov selv om han aldrig ville indrømme det højt overfor Selma. Selma gik lidt længere fremme og råbte Signes navn højt. Hun råbte, at hun skulle komme tilbage.

Oscar stoppede sine skridt. Han anede ikke, hvad vej han skulle gå. Der var alligevel også gået et stykke tid. Signe var måske nået meget længere, end de regnede med.

- *Hvad nu hvis hun har fået et lift oppe ved hovedvejen,* spurgte Oscar.

- *Nej, det tror jeg ikke på, at hun ville gøre,* svarede Selma.

Hun kunne ikke være sikker. Hun kendte Signe ret godt. Hun kunne netop godt finde på sådan et stunt. Hun var dødskuffet over Andreas, men hun havde jo lovet at komme tilbage. Selma vendte sig og råbte hendes navn højt. Der var ikke nogen lyde ud over skovens egne. Fuglekvidder og en svag vind der fik kronernes blade til at nynne en svag dyster tone, man ikke kunne synge med på.

Oscar ledte i sit indre og fandt nogle få ord, han måske kunne bruge.

- For fanden Selma, det er jo dig, jeg altid har været vild med, ikke? Men det har sgu ikke været nemt altid. Ja jeg ved godt, at jeg har været en klovn, men jeg prøver jo bare at passe på mit ry udadtil. Alle de dumme tøser betød jo ikke noget. Det var jo ikke dem, der vitterlig gad mig, som du gjorde. De var nok bare glade for alle de penge, jeg havde hele tiden. Det har altid været dig, og det vil altid være dig. Ikke?

Selma og Oscar så hinanden i øjnene, mens Signe hang fire meter over dem. Hun havde ikke mulighed for at blande sig i snakken.

Andreas rev døren op. Surt vandrede han forbi Isabella og gik direkte ud ad døren og ud mod badebroen.

Isabella sagde heller ikke noget til Andreas. Hun sad og så Cecilie foran sig. Hun savnede hende. Hendes smil og hendes varme kys. Den lidenskab hun besad. Hendes lange lyse hår og de dybe blå øjne.

For helvede hvor måtte hun godt være her lige nu. Isabella ville grædende undskylde.

Hun så billedet for sig, imens en dør gik op i hendes fantasi, og der stod Cecilies far.

- Jeg kan ikke Isabella. Jeg er gift. Du må forstå det.

Det ville hun ikke. Isabella slog sig i hovedet med knyttede næver. Hun råbte højt og ledte efter retfærdigheden. I den virkelige verden stod hun til en længere straf, hvis politiet fandt ud af, hvad hun havde gjort. Men hun ville ikke leve i den verden. Hun ville have dem begge to. Hun ville elske med dem begge to, indtil hun blev gammel.

Hun fældede den første af mange tårer. Den trillede hurtigt ned ad kinden på hende og fortsatte sin rejse ned mod hagen, inden den landede på hendes arm.

Andreas tog den på hovedet i vandet. Han havde stærke arme og svømmede forholdsvis hurtigt langt ud. Indimellem dykkede han og tog noget af turen under overfladen.

Han følte sig vægtløs i vandet, og der var ikke noget, der kunne fange ham her. Der kom ikke nogen flyvende med knopperne først for at skade ham.

Han rasede, mens han svømmede videre. Fuck dem alle sammen. Oscar den kylling, når han var sammen med Selma. Isabella den skide tøseknepper. De kunne bare holde kæft alle sammen. Han stoppede sine svømmetag og tyrede en knytnæve i vandet. Han så sig tilbage. Han var alligevel nået ret langt ud. Hans form fejlede ikke noget.

- FUCKING KÆLLINGER, råbte han og slog i vandet.

Andreas havde naturligvis ikke set de to krokodiller, der var kravlet i vandet, da de så at han sprang i. Han havde naturligvis heller ikke set dem nærme sig.

Der var i det hele taget ingen af den lille gruppe unge mennesker, der så hele billedet.

De kunne ikke alle sammen se Selma og Oscar have sex i skovbunden, mens Isabella sad og slog sig i hovedet og råbte fortvivlet på Cecilie, mens Andreas kæmpede mod den stærke skruetvinge af en arm, han havde om halsen, der ville trække ham ned under vandet. Der var ikke nogen, der så det hele på én gang, men det skete.

Eftermiddagen trillede hen over dagen. Timerne på denne fredag sneg sig hen mod de sene timer.

Snart ville det store spot kun skinne hen over træerne, men hvem ville lægge mærke til det?

Signe ville næppe. Andreas kæmpede forgæves for det. Selma og Oscar så kun dem selv lige der, og Isabella havde nogen andre billeder i hovedet. De handlede ikke om vejret.

Der blev stille ude på vandet. Krokodillerne havde fået det, de kom efter og lod byttet ligge og flyde, hvorefter de forsvandt.

I skovbunden var der også stille for en stund. Selma og Oscar lå og så hinanden i øjnene.

Isabella sad stille og sagde heller ikke noget. Hun var nærmest forpustet, alt imens en snigende hovedpine havde listet sig ind ad døren og havde sat sig fast som en alt for lille stram badehjelm. Hun græd stille alene, uden at skænke de andre i gruppen en eneste lille flygtig tanke.

De var taget sammen af sted for at skabe hygge, men var ved at blive opløst. De forsvandt som myrer under store trampende såler.

Det hele begyndte ved et fællesmøde, for en uge siden, i et kæmpe hus på Frederiksberg.

De var repræsenteret alle fem, og der blev truffet beslutninger, der ville ændre fremtiden.

Hvem skulle gøre hvad? Vi tager dem en ad gangen, men hvem tager hvem? To voksne mænd forsvandt ud ad døren.

Oscar og Selma kom ind ad døren hånd i hånd, mens Isabella var ved at rydde op.

- *Er Andreas inde på værelset,* spurgte Oscar og var ved at gå derind.

- *Nej han smuttede for noget siden. Han sagde ikke et ord, så jeg ved ikke, hvor han er. Men han var eddermame sur, da han gik.*

- *Åh for helvede. Så er han også gået. Hvad fanden sker der for folk. Vi har lige gået og ledt efter Signe, men vi kunne ikke finde hende,* sagde Selma.

- *De kommer nok tilbage. Lad dem være et par timer, så har de raset ud, og hvis de så ikke er kommet da, så ringer vi efter dem.*

Isabella var ikke bekymret. Hun viftede med sin mobiltelefon.

- *Vi kan da altid ringe til dem. Signe går i hvert fald ingen steder uden sin telefon. Tænk nu hvis Ekstrabladet ringer igen.*

- *Jeg har prøvet at ringe. Hun svarer ikke,* sagde Selma og så ned af sit tøj.

Oscar grinede højt, mens Selma begyndte at børstede kviste og græs af sit tøj. Isabella så det godt og smilede lidt for sig selv. Hun kastede en klud efter Selma.

- Var det ellers hyggeligt i skoven, spurgte hun.

Selma svarede ikke. Hun fik røde kinder og skyndte sig ud på badeværelset.

- Kan han være hoppet i vandet, spurgte Oscar og så ud ad vinduet.

- Jeg ved det ærlig talt ikke. Jeg havde mit eget at tænke på, svarede Isabella.

Oscar så hen på Isabella, der ikke lignede den pige, han kendte med et overskud, der ofte overgik andres. Hun havde styr på sit shit og gad ikke altid gå op i andres problemer. Men hun var en ven, man kunne stole på og snakke med, altid.

- Hvordan går det med Cecilie? Hun kunne da også have taget med.

Isabella sendte Oscar et hurtigt blik og så ned i gulvet.

- Nej, det var vist ikke lige noget. Vi har en lille pause i øjeblikket. Det kører ikke rigtigt for tiden. Jeg har lige prøvet at ringe til hende, men hun svarer ikke.

Selma dukkede op fra badeværelset. Hun gik hen i køkkenet og vendte sig mod Oscar og Isabella. Hun foreslog at smøre lidt brød til dem alle sammen.

Udenfor dukkede liget af Andreas op ved overfladen mens eftermiddagssolen bagte.

En besked fra en mobiltelefon ringede ind fra krokodillerne. Hovedkvarteret på Frederiksberg fik beskeden, og den kunne gives videre fra Jæger 1 og 2.

- Andreas er død. Vi fortsætter.

En mor græd trøstesløst og knækkede sammen, selv om hun vidste, det var retfærdigt.

Tidligere samme dag havde en læge slukket for Niels Andersens respirator, og han var død.

Signes mor havde sat sig sammen med Andreas' mor. De holdt hinanden i hænderne og græd stille sammen.

- *Den ældre dame, som min pige skulle hjælpe, er også død,* hviskede Signes mor.

Bagfra hævede en vred og arrig kvindestemme sig.

- *Jeg har også fået at vide, at en rektor, der blev skubbet omkuld, er død, og så har min lillebror altid været et svin, når der var unge damer i nærheden. Jeg hadede det.*

Hun sad med et billede af Selma i hånden og så vredt ned på det.

En rank kvinde, der var dyrt klædt med perler og guld, kom gående gennem stuen.

- *Vores søn sparkede en gravid pige i maven, så hun tabte sit barn. Det var mit barnebarn, han slog ihjel. Jeg vil ikke acceptere det, og det må koste. Så må vi være nogle, der gør en forskel og træder i karakter, hvis det er det, der skal til. Ja, sådan ser jeg på det.*

I et hjørne af stuen sad en ung pige på 19 år. Hun var smuk med langt lyst hår og dybe blå øjne. Hun savnede sin kæreste, men hun savnede endnu mere sin mor, der blev kørt ned og var død af sine kvæstelser, da hun ankom til hospitalet.

Selma, Oscar og Isabella havde spist, og humøret var kommet tilbage. De kunne grine sammen, og musikken kørte atter fra en telefon.

Samtalen kørte på gamle minder fra folkeskolen, og det lettede på alt, når man kunne sidde at grine af dem, der måske ikke var så heldige med deres udseende eller skilte sig ud på andre måder.

Oscar kylede et flygtigt blik på sit Rolex ur. Klokken nærmede sig sen eftermiddag.

- Hey, skal vi ikke gå ud og finde de to klaphatte og så gå hjem og holde en fest som i går?

Han trykkede Selma i hånden og så hende dybt øjnene.

- Og hvis de ikke dukker op, går vi tilbage og laver en trekant, råbte Isabella.

Oscar skreg af grin og tabte et glas cola ned ad sit tøj. Selma kunne ikke holde lattertårerne tilbage. Samtidig med at hun spruttede en mundfuld vand ud på bordet.

Et kvarter efter gik de tre mod skoven. Der var stille i området. Der var ikke nogen ved badebroen.

Havde de kigget efter, ville de have fundet Andreas' hvide FCK-T-shirt, der lå derude, men mørket var på vej og trillede ind over skoven som en dyster tåge med ildevarslende alarmer, men ingen af dem havde antennerne ude. De var uforberedt og gik skoven i møde.

Et sted ikke langt fra dem, blev buerne spændt og knivene trukket. Gruppen var klar til at tage imod dem, mens solen blev spist af skoven, og månen gjorde sin entre.

Oscar lavede en blanding af stand-up og kald på deres venner på vej ind gennem skoven. Pigerne skreg af grin, men det var også noget af det eneste, man kunne høre.

Der var ikke direkte nogen sti mellem de store ege, men de unge mennesker gik mellem træerne, hvor der var bedst plads.

- Nej helt ærligt, det her skal sgu da foreviges. Vi må da have et billede, hvor vi er jagt efter de to nødder, der garanteret ligger og horer et eller andet sted, sagde Oscar.

Han roede i lommerne efter sin mobiltelefon og bandede, da han ikke fandt den.

- PIS. Jeg har glemt den derhjemme i hytten. Hey, jeg pisker lige hjem efter den.

- Nej er det ikke lige meget, spurgte Isabella og rystede på hovedet.

Selma stod og hoppede på stedet, indtil hun gik hen bag en busk og trak bukserne ned og satte sig. Hun stønnede, så det lød morsomt, så latteren smittede fra den ene til den anden og bredte sig igen.

- Nej jeg henter den sgu lige, også hvis Andreas ringer. Jeg indhenter jer hurtigt.

Oscar var let til bens og løb af sted. De var ikke nået længere end, han sagtens kunne finde tilbage.

Pigerne gik videre, efter at Selma havde rystet sig færdig. De havde alligevel gået i små fem minutter, da Selma vendte og drejede sig.

- Kender du ikke det, når man synes, at man kan mærke, når nogen stirrer på en?

Isabella stod stille ved foden af en bakke mellem to af skovens største egetræer.

- Ved du hvad, sådan havde jeg det, da vi stod af toget i Malmø. Sådan havde jeg det hundrede procent, at nogen stod og stirrede på mig eller os. Hold kæft hvor er det mærkeligt, du siger det.

Selma vidste dårlig nok, hvilket ben hun skulle stå på. Hun trippede nervøst.

- Jeg fik det sådan lige før. Det løb lige koldt ned ad ryggen på mig. Som om der stod en eller flere og så os gå forbi dem.

Det varede måske små tyve sekunder, men det føltes som en hel livstid, da pigerne så hinanden i øjnene.

Selma følte sig ikke særlig modig, og lysten til at gå længere ind i skoven forsvandt, som var det sommerens sidste sol, de havde set gå ned.

Oscar nåede hytten og løb hurtigt ind. Han vidste, hvor telefonen lå og greb den smilende.

Nu skulle der eddermame tages billeder. Det kunne blive et fedt minde. Inden han piskede ud ad døren igen, brølede han lige på Andreas og Signe. Men det var ikke dem, der kom til syne bag ham.

Oscar kunne mærke nogen bag sig og vendte sig hurtigt. En stor bred skikkelse lukkede øjnene og gik frem med sin jagtdolk.

For Oscar føltes det som et hårdt slag i mellemgulvet. Han bukkede sig sammen, og skikkelsen tog fat i ham. Han krammede Oscar, mens han jog dolken helt ind til skaftet. Oscar stønnede og så op. Skikkelsen fjernede sin maske.

- Far, hviskede Oscar.

- Mor bad mig hilse. Vi kunne ikke redde dig mere min dreng.

Dolken blev trukket ud og stukket i kroppen en gang til. Blodet silede ned ad morderens hånd og arm. Han græd, men en underskrevet aftale var en aftale.

- Kan du finde hjem, spurgte Selma, mens hun holdt godt fast i Isabellas arm.

- Du vil ikke videre, spurgte Isabella.

Hun så sig tilbage ad den rute, hvor Oscar var løbet, og de lige havde gået.

- Ikke rigtig må jeg indrømme. Andreas og Signe må altså selv finde ud af det.

Isabella stod stadig og stirrede ind mellem træerne.

- Ja du har da ret. Vi kan ikke redde hele verden. De to tosser må sgu selv finde hjem. Jeg er da mere interesseret i, tror du, Oscar kan finde os, og kan vi finde tilbage?

Det sidste blev sagt med et smil. Hun kunne godt mærke, Selma var nervøs.

Isabella tog de første skridt og tog fat i Selma på en beroligende måde. De traskede gennem det mørke, der efterhånden havde lagt sig tungt ind over skoven som et tætvævet tæppe i askegrå farver.

Ind imellem lykkedes det månen at kaste en enkelt lysperle ned gennem kronerne. Da havde pigerne noget at gå efter, uden at være helt sikker på om de netop havde gået der før.

- Hvorfor var der ikke bare en af os, der havde husket vores telefon, spurgte Selma.

Hun kneb øjnene sammen for at fokusere deres retning.

- Ja så havde vi ikke gået her. Jeg ved ikke hvorfor, men jeg har bare meget lyst til at se hytten snart eller at høre Oscar råbe efter os, sagde Isabella.

Selma var enig uden at sige noget.

- Min dreng, Oscar er død. Vi fortsætter efter de to sidste piger.

Liget af Oscar lå midt på gulvet. Der var en masse blod rundt omkring ham. Den unge fyr var bleg i ansigtet og lå med et forvredet ansigtsudtryk. Der havde været mange tårer i hans øjne i de sidste sekunder. Nu var hans blik dødt.

Et andet sted længere inde i det mørke listede en jæger rundt og gjorde sig klar til at slå til. Han ventede bare på chancen, og den var på vej.

- Av for helvede da også, skreg Selma og trak på den ene fod.

Isabella blev forskrækket og så på veninden. Hendes tanker var for et øjeblik fløjet hjem til Cecilie. Kunne de dog bare mødes og snakke om det.

Selma trak på den ene fod, der i et uheldigt øjeblik havde trådt forkert mellem nogle af egenes store rødder. Det havde givet et lille knæk i anklen. En smerte fór op gennem benet på hende, og hun hinkede rundt og råbte højt.

- OSCAR, skreg hun i fortvivlelse og håb på lidt frelse fra den situation, de stod i.

Hun lænede sig op ad et træ, der havde, hvis det kunne, berette en historie, der havde flere hundrede år på bagen. Det var enormt.

Selmas slanke skuldre stod stille i et kort øjeblik. Isabella stod og råbte, hvad hun mon kunne gøre. Imens ledte hun efter en større gren, som Selma kunne bruge til en midlertidig krykke.

En bue blev spændt, og der blev sigtet. Flere års jagterfaring gjorde sig gældende nu.

Isabella hørte det ikke. Ikke før det var for sent. Det gav en lyd, der kunne høres som et "TJUK", og så satte pilen sig fast i træet. Selma stod helt stille.

Man kunne ikke høre noget, før Isabella vendte sig om og så på hende. Så skreg hun, og hun stoppede ikke, før halsen ikke kunne mere.

Isabella græd hysterisk og så sig hele tiden omkring. Hun skreg de andres navne i panik. Hun kunne ikke se på Selma, der stod stift op ad træet med en pil gennem øjet.

Isabella gik i knæ og skjulte sit ansigt i hænderne. Hun rystede af gråd.

En jæger trådte frem fra sit skjul og tog sin maske af. Han tog en telefon op af lommen. Oscars mor tog den på Frederiksberg. Hun var knust og gav røret videre.

En anden dame fik beskeden fra Jæger 2. Selma var død. Rektoren var hævnet.

Midt i sin tilstand af gråd og snot vendte Isabella sig om mod en stemme, hun syntes, hun genkendte. Der stod han. Henning. Cecilies far. Han så ned på hende med vrede øjne. Så svingede han bagsiden af sin armbrøst. Isabellas hoved fløj baglæns. Hun gik i jorden og blev liggende bevidstløs.

Isabella kom meget langsomt til sig selv ved duften og lyden af lejrbål. Det knitrede, mens flammerne åd løs af det tørre brænde. Tusind små gnister fløj til alle sider, inden de døde og dalede mod jorden.

Isabella forsøgte at røre sig, men hun var forsvarligt bundet til et tykt træ.

En kraftig smerte fór gennem panden på hende. Hun ville skrige, men det var umuligt.

Et stykke gaffatape sad klistret fast rundt om munden på hende. En kølig vind strejfede hendes ansigt og arme og satte en reaktion i gang, der fremkaldte kuldegysninger over det hele.

I flammernes lys og fra skovens mulm trådte to jægere frem. De så på hende uden at sige et ord.

Isabella prøvede forgæves at sprælle. Hun kunne ikke andet end at hyperventilere gennem næsen.

Hendes øjne var våde mens hun, som det eneste magtede at bukke hovedet. Hun nåede at se, den ene jæger havde en stor blodig dolk i hånden, mens den anden jæger skjulte noget bag ryggen.

Isabella trak vejret tung sidste gang og ville skrige en bøn til verden om hjælp.

Da svingede den ene jæger sine arme, og en økse kom farende mod hendes hoved.

Der var uger, der blev til måneder, før nogen lagde vejen forbi den udlejede idylliske bjælkehytte med græs på taget. De blev fundet alle fem. Jægerne fandt man aldrig, for man ledte ikke efter dem. De fem unge mennesker havde taget sagen i egen hånd. Det var den officielle historie.

Der var ingen, der så de fem angrende skygger af sjæle, der stod i mørket af skoven med hver deres skyld. De kiggede på hytten og bukkede deres hoveder.

Til dem der finder os!
Vi er en gruppe unge mennesker, der gerne vil stå ved,
hvad vi har gjort.
Det kan vi ikke leve med. Derfor har vi hjulpet hinanden
af vejen.
Enhver synd skal straffes. Ingen skal stå glemt hen. Vi
ved, hvad vi gjorde.
Vi ved, det var forkert. Derfor. En bod er en straf, der
bliver pålagt en for at sone de synder, man har begået.
Vi soner med beklagelse vores synder.

Oscar – Andreas – Signe – Selma – Isabella

Vi, der angrer

2. Del

Den, der angrer

Det kunne lyde som et "SJAK", da øksen flækkede træet. Splinter fløj til alle sider.

Stablen af brænde voksede. Et blankt og forpint ansigt så mod himlen, hvor sneen dalede tæt. Det var årtiers koldeste februar, sagde de, og det så ikke ud til at vende.

Landskabet var ekstraordinært hvidt og skinnende. Tagskægget var prydet med lange spidse istapper, der på afstand kunne minde om et monsters tandsæt, der kun ventede på at sætte sig fast og bide i kødet.

Øksen blev med nogen erfaring svinget en omgang i luften, inden den blev tæsket ned i træstubben, hvor den blev siddende.

En stabel brænde blev løftet og slæbt med indenfor. Sneen blev sparket af støvlerne, og støvlerne blev efterladt i entreen. Den ene støvle åd en tyk hjemmestrikket strømpe. Brændet blev lagt i en stor kobbergryde, der stod ved siden af pejsen.

Den var ikke tændt op endnu, og der var koldt i den lille stue. Der havde ikke været tændt op i et stykke tid, og kulden havde omringet det lille sommerhus og sneget sig ind mellem knirker, sprækker og revner.

Brændehuggeren stod stille foran pejsen. Hovedet bukkede forover. Et ansigt blev skjult i hænderne, og tårer trængte sig på i fællesskab med en klump i halsen.

- Det må I simpelthen undskyld. Jeg ved ikke, hvad der gik af mig. Jeg tror, det er min sygdom. Jeg kan ikke styre det. Det løb fra mig, og så blev jeg så hidsig. Det var jo ikke, det der skulle ske. Bare I ikke havde presset mig sådan. Jeg sagde det jo. Lad nu være. Lægen har givet mig tre måneder. Vidste I det? Nej det gjorde I ikke. Hvad skal jeg gøre? Jeg skal dø, men jeg vil ikke dø alene. Jeg vil ikke være alene.

Der lød et dybt suk, og øjnene blev tørret.

- Jeg kan ikke holde ud at være alene. Nu tager jeg på weekend med nogle gamle klassekammerater. Jeg har ikke set nogen af dem i et par år. En af dem foreslog en tur op til Sverige i en hytte, man kan leje. Det er lige ud til en stor sø. Egentlig har jeg det ad helvede til, men måske kunne det blive hyggeligt.

Brændehuggeren vendte sig mod to lænestole, hvor to voksne mennesker sad og så ud til at stirre lige ud i luften. Brændehuggerens forældre var tavse og blege.

- Undskyld, blev der hvisket.

Stuen blev forladt, mens forældrene blev siddende. De var egentlig ikke klædt på til kulde, som de sad der, men de mærkede ikke de mange frostgrader.

Hun blev liggende og græd højlydt. Smerterne jog gennem hele kroppen på hende.

Hun turde ikke forsøge at røre på sig og komme op. Han havde også sparket hende på benene, og det ene knæ føltes blodigt og hævet.

Med rystende hænder fik hun langsomt hevet ned i sin bluse. Hun turde heller ikke kigge op for at se om, han stod der endnu.

Området var bag en lukket Netto og en togstation langt ud på natten.

Trafikken var mere sjælden end synlig. Der var ikke nogen at råbe på eller efter for lidt støtte og hjælp.

Hun kunne næsten ikke skrige mere. Hun var hæs, og smerterne var også kun blevet større, da han havde lagt et hårdt greb om hendes slanke hals med sine store hænder.

Som hun lå der, kunne hun ikke huske meget mere end selve hændelsen i det mørke.

Lige fra da han havde budt hende op til dans eller en drink på den lokale beverding.

Normalt var Dorit ikke meget for at danse med nogen, hun slet ikke kendte, så hun tog imod en drink, og i et lille øjeblik mens hun så den anden vej, var drinken pludselig meget stærkere.

Han hev hende med ud på dansegulvet, hvor hun sejlede rundt. Hun kunne slet ikke styre sine bevægelser. Det var nogle timer efter, midnatstimen havde rundet.

Dorit ville egentlig bare ind for at kigge efter et par veninder, men der havde han spottet hende hurtigt.

Ikke fordi Dorit ellers kunne prale af sit bemærkelsesværdige udseende. Hun var ikke specielt høj og måske også i den overvægtige klasse.

Hendes jeans sad stramt og stumpede for neden. Hendes kondisko var godt udtrådte. Blusen under hendes slidte skindjakke gik kun lige til buksekanten. Den sad som klistret på hende og kunne ikke skjule hendes forholdsvise lange bryster. Måske var det lige præcis det, der fik ham til at handle så overilet. Da han sad der i sine egne tanker og var ved at drikke sine egne frustrationer væk. Så stod hun der, og chancen bød sig. Han havde tænkt på det længe, og måske havde han også planlagt det.

Det kunne være spændende, hvis han fandt en, der lignede en frivillig voldtægt.

Som Dorit lå der i busken, var der ikke meget frivilligt over det. Som i slet ikke.

Hun havde ikke bedt om slagene i ansigtet og alle sparkene på benene og i maven.

Hun havde ikke bedt ham tage hårdt fat i halsen, så hun slet ikke kunne trække vejret.

Hendes bukser var brutalt trukket ned efter, han havde tæsket hende. Han havde kastet sig over hende og var trængt op i hende gentagne gange, indtil han ikke kunne holde sig længere. Han havde revet hende i håret og skreget som en sindssyg.

I netop det øjeblik gik det op for ham, hvad han havde gjort. Han rejste sig og råbte ud i luften, at hun skulle tilgive ham, for han var fuld, og han vidste ikke, hvad han havde gjort. Måske var tilgivelse ikke det, Dorit tænkte, da hun lå der.

- Undskyld for helvede. Hører du efter kælling. Det var sgu ikke med vilje. Du er jo for fanden ikke død af det, vel? Jeg kunne bare ikke lade være, mand.

Han så på hende, som om hun selv havde lokket ham. Så råbte han undskyld igen.

Det var tidligt på året. Vinteren havde sat sig hårdt på Danmark.

Frosten bed helt ind til knoglerne, så det gjorde ondt på de fleste. Den bed fra sig som et sultent monster.

Et par dage senere var der en fra den gamle skole, der havde foreslået en weekend i Sverige.

Han havde slået til med det samme. Med tanke på at han næsten havde slået Dorit ihjel, passede det ham fint at komme væk. Havde hun for helvede bare forstået, at han ikke havde gjort det med vilje. Han havde jo også sagt undskyld. Var det virkelig ikke nok?

- Så er du eddermame også en lort, helt ærlig. Du ved, hvad det betyder for mig. Jeg er jo ikke noget i de andres øjne, hvis jeg ikke har den nyeste mobiltelefon. Jeg trænger også til en ny lille skindjakke. Det har jeg også sagt. Den koster ikke mere end tre tusind. Det kunne du fandeme godt give mig. Jeg bliver set ned på, hvis jeg ikke får alt det nyeste. Det er sgu da bedre, at jeg ser ned på dem, end at det er omvendt. Men det vil du måske gerne have? Er det sådan mit liv skal være fremover? Det kunne du garanteret godt tænke dig. At jeg bare skulle være sådan en almindelig lille lort, der ingen venner har. Gu gider jeg sgu da røv. Du kan fandeme godt åbne din pung igen. Så meget beder jeg heller ikke om. Bare nogle af de penge, der alligevel ligger og bliver støvet. Du skal jo ikke ligefrem spare sammen til noget. Så hvad siger du? Giver du dig? Eller skal jeg begynde at stjæle for ikke at komme til at ligne en taber med et eller andet taberjob? Prøv at tænke på det. Prøv at se fremad, om nogle år så går din datter hen ad gaden, og folk vil pege fingre og sige, der går hun den taberkælling, der aldrig nåede noget i livet, fordi hendes mor ikke ville støtte hende. Hold kæft hvor er det

*nederen at tænke på. Så ender det med at være din skyld. Tænk
at du kan se dig selv i spejlet.*

En voksen kvinde sidst i 40'erne, med tørklæde om håret
og en spraglet brun kjole med store gule blomster på, forsøgte
at komme på benene. Hun trak vejret besværligt og måtte
rykke til et stativ, hvor hendes iltapparat hængte, for at
komme på benene. Hun så med sørgelige øjne på datteren og
stønnede og rystede på hovedet.

*- Du er så led mor. Næste gang så hjælper jeg dig
fandeme ikke med at få skiftet det iltapparat. Så må du klare
dig selv. Det skal jeg jo, siger du jo. Ved du hvad, hvis jeg
kommer i fængsel, fordi jeg har måtte stjæle kun lige det, jeg
har brug for, så er det fandeme din skyld. Den kan du så have
hængende på dig. Prøv at se hvad du er for en. Kæft, hvor jeg
håber du er stolt af dig selv, mor. Du får mig fandeme ikke til
at sige undskyld for noget som helst. Jo, en ting. Undskyld du
fik en datter, du ikke havde ønsket dig.*

På vej ud ad døren tog hendes guldbelagte spinkle fingre
alligevel morens net, hvor pengene var. De kunne måske lige
slå til på en weekendtur, nogen havde foreslået.

Der var et par tusinde, der skulle have holdt til resten af
måneden. Det ville aldrig være gået med datterens enorme
behov.

Den psykisk og fysisk svage kone forsøgte at kalde på
datteren, der allerede var gået. Der var stille.

Det var næsten, så hun gik i knæ. Der var heller ikke
nogen andre til at hjælpe hende.

Der var ensomt i stuen. Hun havde ellers en halskæde
med en knap, så hun kunne kalde på nødhjælp.

Iltapparatet begyndte at svigte. Halskæden lå ude i køkkenet. Hun pustede og stønnede og kravlede på alle fire for at nå derud inden, det var for sent.

Muhammed lænede sig frem fra det stærke lys, der pegede på den unge fyr overfor ham. Han trommede i skrivebordet med sine tykke mørke behåret fingre.

- Sidste gang du var her sømand, der lånte du tyve tusind kroner. Kan du huske det? Dem har du vist ikke betalt af på endnu, vel? Det går ikke, at du kommer til at skylde flere penge, vel? Det løber fra dig, ikke? Din gæld bliver større og større min ven.

- Ja, det må du også undskyld. Det er bare, fordi jeg tror på denne her chance nu. Jeg har fået et ret godt tip på en boksekamp.

- Hvad er det for en boksekamp?

- Det er et amatørstævne ude i Albertslund. Min lillebror kender ham, der skal bokse en af kampene. Han skulle være skidedygtig og slår rigtig hårdt. Ham han skal op imod er en, der skulle være mere kendt. Han er en god tekniker og står til at blive professionel, måske. Der er flere, der spiller på ham. Så jeg tror, der er nogle gode penge at hente der, hvis man spiller på den anden. Altså ham min lillebror kender.

- Du har lånt masser af penge af mig før, ikke?

- Jo men jeg har også betalt tilbage. Næsten alt det jeg skylder.

- Næsten alt det du skylder. Men nu vil du låne tredive tusind. Det er mange penge min ven, ikke? Jeg ved ikke, om du ved det, men jeg får lyst til at fortælle dig, hvad der sker, hvis du ikke betaler tilbage til tiden, ikke?

Den unge fyr trak vejret tungt og nervøst. Han sank længere ned i stolen, mens en anden mørk fyr nærmede sig bagfra. Han greb den unge fyrs ene hånd og lagde den på bordet. Muhammed var hurtigt over hånden og bukkede en finger bagover. Den unge fyr skreg af smerte. Muhammed stoppede lige før det knasede.

- Du skal huske at betale. Forstår du det nu?

- Undskyld ja undskyld. Jeg forstår det godt. Jeg betaler. Det sværger jeg.

- Så du vil ligefrem sværge på det? Jamen det er godt min ven. For ellers må jeg jo besøge din familie, ikke? Du betaler alt, det du vinder. Er det en aftale?

- Ja, stønnede den unge fyr og forsøgte at trække hånden til sig.

Muhammed trak en skuffe ud. Han lagde en masse penge på bordet.

- Du skal bare vinde min ven, ellers kigger jeg forbi, og så ryger din finger, ikke?

- Jo, jo jeg skal nok.

- Ja det skal du nemlig, ellers må din far måske sælge sin bil, eller din mor må gå på Istedgade. Kan du se det for dig?

Den mørke fyr bag ham slap sit greb, mens smerterne blev ved med at trække helt op i hånden. Muhammeds hjælper trak sig tilbage i mørket.

Der var stille i nogle meget lange minutter. Den unge fyr ømmede sig, men han turde ikke gøre det højt. Så ville Muhammed se på ham som en tøsedreng.

- Prøv at høre her min ven. Jeg vil ikke være urimelig, så jeg har også en anden idé, ikke? Hvis det ikke går med den boksekamp, så har jeg måske et job til dig, ikke?

- Et job?

- Ja et rigtigt job. Så du kan tjene, det tabte ind, ikke?

- Hvad skal jeg så?

- Du skal bare rejse en tur eller to sydpå, ikke? Og så skal du tage noget med hjem til mig. Det er et let job. Det er lige noget for dig, ikke? En tur sydpå, ikke? Ned at se på damer i bikini, og så kontakter min fætter dig, og så får du noget med hjem til mig.

- Hvad er det, spurgte den unge fyr og rettede sig op i stolen, mens han stadig ømmede sig.

- Sukkerkringler selvfølgelig. Hvad tror du, det er? Idiot.

Muhammed hævede stemmen og rejste sig op. Han var bredere, end den unge fyr kunne huske og højere. Han ville virke som en reel trussel overfor alle. Han tog sin kuglepen og slog den unge fyr hårdt i hovedet.

- Du tager det job med at rejse for mig. Vi skal nok arrangere det, er du med?

- Jamen jeg ved ikke, hvad min far siger til det, sagde fyren skælvende.

- Det vil jeg SKIDE på min ven, ikke? Gå hjem og find dit pas, og så skal du ud at rejse, ikke?

To dage efter var der en, der spurgte om han ikke hellere ville med til Sverige en tur.

Hvorfor var Lasse også så skidestædig? Hun havde jo forklaret ham, hvorfor det var forbi. Hvorfor troede han ikke på hende? Hun havde aldrig løjet for ham. Hun havde endda gjort sig umage med at forklare ham, hvorfor det ikke fungerede mere. Hun havde taget hans ansigt i hænderne og sagt det stille og roligt. Der skulle klinkes skår, men det var umuligt. De var knuste, selv om de havde repareret på dem mange gange.

Følelserne kunne ikke længere bunde på det dybe hav. De sank og stod ikke til at redde. Hende og Lasse var som to tændstikker i et stormvejr, der med selvfølge ville skilles og flyve hver deres vej.

- Kan vi fortsætte som venner? Vi fungerer ikke som kærester mere.

- Hvorfor vil du så skride? Har du været mig utro? Jeg skal lige finde ud af noget.

Han lød truende, mens han så hende i øjnene. Han knyttede sine næver.

Hun slap hans ansigt.

- Hvad tror du selv? Du er da en idiot, hvis du tror den slags om mig. Jeg har aldrig gjort andet end at vise dig min kærlighed og ellers acceptere alle dine spilleaftener med dine venner, som jeg i øvrigt aldrig har mødt. Så jeg kunne jo sige det samme til dig. Har du mødt en anden? Fordi det er sgu ikke mig, der får al din opmærksomhed.

- Hvad fanden er der så galt med dig? Gu har jeg da ej mødt en anden. Det er dig, der vil skride, sagde han mens tonen hævede sig en oktav højere.

- Jeg elsker dig ikke mere Lasse, sagde hun højt og skubbede til ham.

- Nej, for du har vel fundet en anden stodder. Sig det dog som det er.

Han rejste sig op og sendte hende et elevatorblik.

- Nu er du altså dum at høre på. Tag dig sammen og slap dog af James Bond.

Hun vidste, at hun kunne få ham op i det røde felt, når hun sagde sådan, og måske var det også tarveligt, men han ville åbenbart skændes hele vejen ud ad forholdet.

- Du skal bare blive ved, så ved, du hvad der sker.

Hun var usikker på, om han ville smække hende en flad, så hun rejste sig og luntede ud af hans stue og ville skynde sig væk. Hun nåede at åbne hans dør lige inden, han kom spurtende og sparkede den i, mens hun stod indenfor. Hun var ved at falde.

- Du går eddermame ikke nogen steder, siger jeg dig.

Så skete det af en refleks. Midt i sit fald spjættede hun med benet, men det gjorde, at hendes højre vrist endte som et spark lige i kuglerne på Lasse.

Han gik i knæ og tog sig til skridtet, mens han bandede og svovlede, mens hun stille og roligt åbnede døren og gik hurtigt.

Det var efterfølgende, det var blevet ubehageligt. Han ringede konstant. Det var ikke fedt, men ok. Hun lod sig ikke skræmme.

Så begyndte han at sende breve. Først var de bare triste. Han længtes efter hende. Senere ændrede sproget sig, og han blev verbalt truende.

Han sendte hende billeder af dem begge, hvor hendes øjne var stukket ud.

En gang sendte han hende en buket døde roser. Så meget betød hun for ham nu.

Ofte havde han stået nede foran hendes opgang bare for at vente på, at hun skulle komme ud, så han kunne trygle hende om at tage ham tilbage.

Eller når han stod dernede og ringede på hendes dørtelefon og råbte, undskyld.

Han stod dernede, selv om det var frostgrader, og en dag var der en, der ringede og foreslog en weekend i en hytte i Sverige.

Der sad de sammen de fem venner, der ville indtage den nok så berømte hytte i Sverige i weekenden.

Med hver deres tanker. Alle sammen havde de noget at flygte fra. Hver deres liv.

Komplikationer der skulle have været redt ud, men den slags kunne trække ud.

Det var Tokes firhjulstrækker, men det var **Esben,** der sad ved rattet. Han roste den hele tiden, for han kunne ikke lade være. Han var vitterlig imponeret. Han havde heller ikke lyst til at tale om andet.

Hans sidste dage havde ændret sig. Det der skulle have været en fest, var ikke, hvad han håbede. Han strammede sit greb om rattet, så hans knoer blev hvide.

Monique sad ved siden af og havde en lille bemærkning om alle de andre biler, og den måde de kørte på. Det var lige ved at blive en smule trættende at høre på, men der var ikke nogen, der sagde noget rigtigt. Indimellem nikkede de eller bare rystede på hovedet. Det virkede for hende, så hun kunne lukke virkeligheden ude.

Bag dem sad **Martin** og stirrede tomt ud ad vinduet uden at sige noget. Han sad og hviskede. Lige præcis så de andre ikke kunne høre det. Det var som om, han sad og talte med en eller anden, der ikke var med i bilen. Uden at kunne vide hvem, var det ikke svært at se det negative i den lukkede tale.

Emilie sad i midten også uden at sige det store. Hun var utroligt lettet over at slippe hjemmefra og alt det, som det kunne medføre. Hun bandede uden at sige et ord.

Toke sad til højre og prøvede at bevare humøret, selv om han også havde en del at tænke på. Han prøvede at styre alle sine følelser og lukke det ude.

Der sad de sammen de fem venner, der ville indtage hytten i Sverige.

Det var ved at blive tidligt på eftermiddagen, da de ramte den store egeskov, hvor de hoppede hen over den bulede tilsneede grusvej. Det varede ikke længe, før de kunne se hytten. Det var ikke mange øjeblikke før, området blev iklædt én stor mørk og lang frakke. Det ville komme snigende lige så stille som sneen og graderne dalede.

Et tog standsede ved Malmø station. Lasse steg af toget med et sammenbidt ansigt. Han var ikke bare alvorlig. På hele turen havde han kogt som en ildrød kedel.

Koste hvad det ville. Hun skulle med hjem. Om han så skulle slæbe hende i håret. De to var bestemt for hinanden. Det vidste han bare. Hun skulle bare lære at forstå det. På den behagelige måde eller på en anden måde.

Ude foran stationen stod der en lejede bil. Lasse fik nøglerne. Inden han kørte af sted, så han på sin telefon. Han havde den app, der hed "Find ven". Det vidste hun ikke. Han kunne se, hvor hun var. Han startede motoren og trådte hidsigt på speederen, mens han råbte hendes navn alt, hvad han kunne.

Hyttens tagskæg var besat af lange spidse istapper, der sad hele vejen rundt om.

Man skulle bukke sig lidt, inden man kunne bevæge sig helt ind. Så lukkede tænderne sig sammen, og man blev ædt af hytten. Sådan kunne det godt se ud på afstand.

Nogle af istapperne var temmelig kraftige og lange endda.

Der var ikke nogen, der sagde en eneste lille lyd, da Martin langsomt og knirkende lukkede døren op. De listede alle fem indenfor, men der var stadig ikke nogen, der sagde noget.

Monique tog fat i Esbens arm. Emilie stod bagved Toke. Der gik et meget langt stille øjeblik, før nogen turde bryde stilheden.

- Det var her, man fandt fire af dem, læste jeg. Signe havde hængt sig ude i skoven.

- Der var også nogle, der sagde, at de blev myrdet alle fem.

- Der er rygter om, at de alle sammen havde en lortefortid, og så skulle dø.

- På grund af deres fortid?

- At de havde lavet noget ged derhjemme, og så var der nogen, der dømte dem.

- Den officielle historie er i hvert fald, at Signe gjorde det. Dræbte de andre.

En af drengene stod og tænkte på hans voldtægt af Dorit. Han var glad for, at det ikke var kommet frem i pressen. I hvert fald ikke endnu.

En anden tænkte på Muhammed. Han kunne næsten begynde at ryste ved tanken om, at de kun skulle være der til søndag. To overnatninger og så kaldte virkeligheden igen. Han rystede på hovedet. Nægtede at se filmen for sit indre.

En af pigerne tog mod til sig og trådte frem.

- Måske var de bare fem tabere. Det er ikke os, og der er ikke flere, der dør her.

Endnu en kunne mærke en skræmmende større migræne lægge sig ind over ham. Han lukkede øjnene og koncentrerede sig om at virke rolig.

Den anden pige gjorde alt, hvad hun kunne for at slette et billede af Lasses ansigt.

Fredag aftenen var et virvar af høj latter og en gennemsyrende larm af en slags musik fra en af telefonerne. En stilart der vel gik under betegnelsen techno og flere andre genrer. Det var svært at slå fast.

Esben og Monique, der aldrig havde haft ret meget til fælles eller i virkeligheden ikke brød sig særlig meget om hinanden, sad og fløjd sammenflettet i en dyb lænestol, mens de inhalerede noget hjemmerullet sjovtobak, der fik røgen til at hænge lavt i hele stuen.

Det skulle være meget mærkeligt, om det ikke også påvirkede de andre. Emilie sad i hvert fald og havde fået en lidt fjollet hysterisk latterkrampe over et kedeligt sommerferieminde, som Martin kunne underholde med.

Emilie lagde sig ned og tog sig til maven og skreg af grin jo mere kedelig mindet var.

Ind imellem råbte Monique, at hun skulle holde kæft, mens Esben lænede sig over mod Monique i håb om lidt romantik. Men det blev ved håbet.

Toke levede i sin egen lille verden. Han dansede alene rundt til alle de syrlige toner, telefonen kunne frembringe, mens han drak af sin vodkaflaske. Det rene klare sprut så ud til at ville tage turen langsomt direkte i halsen på ham, uden at skulle blandes op med noget. Toke skar ansigt ind imellem. Måske var det alligevel stærkere, end det var dissideret lækkert.

Esben var den første, der gik i brædderne. Han fik ganske vist lov til at dele værelse med Monique, uden at det kastede andet end dyb søvn af sig.

Martin og Emilie gik ud i sneen i kun nogle få øjeblikke. Så kom virkningen og inden længe stod Emilie op ad huset og knækkede sig.

Kulde og alkohol blandet med tyk røg fra stærk tobak kunne sommetider kaste den slags reaktion af sig.

Da hun var færdig med at spytte sure opstød fra sig, kom hun ind til en stille stue.

Technoen havde slukket sig selv og var gledet over i en monoton stille lyd af stilhed.

Emilie grinede ikke mere. Det sjove var ligesom ophørt. Det flød og roede i hele hytten. Der var chips og rødvin på et lyst gulvtæppe. Der var ikke nogen, der magtede at rydde op i løbet af natten. Lyset blev slukket, og det så ud til at alle sov tungt.

Ude i det kolde mørke blev der trådt sne ned. Den nye sne knitrede og knasede under nogle store støvler og satte fodaftryk.

Lasse havde været derude et stykke tid, og mens festen havde kørt i et højt gear, havde han stået og raset derude.

- Jeg vidste det sgu da. Den so har fundet en anden, hviskede han hæst.

Stjernerne blinkede fra en mørk himmel samtidig med, at en halv måne lyste, så meget den kunne over området med skoven, hytten og søen.

Man kunne ikke høre så frygtelig meget andet end Lasse lige indtil.

- Hvad var det du godt vidste, om hvilken so?

Lasse vendte sig forskrækket om, og en lyskegle ramte ham lige i hovedet. Han kunne ikke se, hvem der talte til ham. Men han mærkede hammeren på siden af hovedet.

Han vaklede og spjættede med armene for at få fat i den, der svingede værktøjet. En hånd greb ham om halsen, og så kom andet slag.

Hammerens hoved landede lige i panden på den lyshåret Lasse, og så begyndte blodet ellers at pible fra hans hoved.

Han gik helt ned i knæ, og inden han skulle til at sige eller råbe noget, kom det tredje slag.

Lasse væltede helt om. Det fjerde og femte slag havde ikke været nødvendige for at uskadeliggøre Lasse, men de var dødelige.

- Det må du undskylde. Jeg ved ikke, hvad der gik af mig. Jeg kunne ikke lade være.

Lasse blev med besvær slæbt af sted. Med åbne øjne gled han efter sin morder. Efter de sidste slag viste der sig en del blod i sneen.

Morgenen efter skinnede solen skarpt ned over hele skoven, hytten og søen. Graderne var stadig langt under nul, og den mindste vind ville føles ekstra bidende, som var det en stor ulv med spidse tænder, der trykkede kæberne sammen.

Der var hvidt over det hele. Det havde sneet yderligere, og selv de mindste spor efter Lasse var ryddet.

Nu gik sneen næsten op til låret, hvis man bevægede sig udenfor.

Fra det ene øjeblik til det andet blev der med en vis erfaring hugget brænde. Øksen fløj fra top til mål, og nogle af de tykke grene blev kortere og ville virke godt inde i hyttens pejs til at tænde op med blandet med nogle aviser, der lå derinde.

Der gik et par ekstra timer, og det var reelt ikke morgen mere.

Klokken havde rundet tolv, da den ene af pigerne langsomt fik øjne. Det smertede fra det ene øre og hele vejen rundt om panden, til smerten igen tog af ved det andet øre.

Tungen føltes som sandpapir, og smagen i munden var ikke noget, der var anbefalelsesværdigt. Hun løftede sit hoved og kastede et sløvt blik. Derfra hvor hun lå, kunne hun ane stuen, og hvordan der så ud derinde.

Det eneste rigtige havde været at vende sig om og sove videre, men hun havde også en fornemmelse i maven, der sagde hende, at den snart ville få samme funktion som en rystet champagne.

Det ville vælte ud af hende, så hun kom på benene og fik kravlet ud på badeværelset. Hele vejen derude måtte hun støtte sig til vægge og karme. Det var en lettelsens øjeblik at komme på knæ foran toilettet.

Et andet sted i huset var en af drengene kommet på benene. Han havde det knapt så slemt og var ved at iføre sig en tyk vinterjakke. Han så, der var liv ude foran huset.

Han åbnede døren og trak vejret dybt. Kulden stak i næsen. Der var ikke et pib udenfor fra en af skovens fugle.

Den unge fyr trak lod med sig selv. Skulle han gå den ene vej eller den anden? Højre side vandt knebent. Den første han mødte, var en bekendt, der tog sig til hovedet. Det smertede i den brændende migræne.

De to kammerater mødtes i et hurtigt blik og et venligt kram, der varede længere en naturligt.

- *Hvad søren, er du ked af det?* spurgte den sidst ankomne.

- *Du må undskylde, men du snakker i søvne. Ved du det? Jeg ved, hvad du har gjort, og det må man ikke, vel? Jeg er nødt til det. Det her er fra den unge pige, du voldtog.*

Et slag og et stik gennem vinterjakken efterfulgt af noget, der kunne føles som krampetrækninger i maveregionen. Offeret bukkede sammen. En stor køkkenkniv blev trukket ud, men kun for at blive stukket helt ind igen endnu hårdere. Den døende gurglede et par gange og faldt til jorden. Morderen blev stående. Tog kniven og satte den i brystkassen på sin ven og trådte på spidsen af skaftet, så kniven ville gå hele vejen.

Den lidende unge dame fra toilettet var kravlet i seng igen og fattede ikke, hvad der skete udenfor. Oprydningen ville i hvert fald ikke være hendes opgave. Det lå under hendes niveau. Den slags havde man sgu da en mor til.

Udenfor blev endnu et lig møjsommeligt og besværligt slæbt gennem sneen, men for de andre i huset var der stadig lige så stille, som når de nyfødte nyfaldne snefnug landede.

En skikkelse gik flere gange lydløst rundt inde huset. Der blev stille hvisket og brugt de værste udtryk om andre og deres liv.

Noget fra de andres tasker blev fjernet lige så stille og samlet i en pose.

Og så gik han til søen med øksen. Han huggede et hul med stort besvær, indtil isen begyndte at sprække flere steder. Han fik hul, og posen blev smidt i.

Smerten i hovedet var dødbringende. Kun få måneder igen hed det sig.

Lægen havde set ham i øjnene, og der var ingen spor af noget empati der, syntes han.

- Du må forstå, at vi har gjort alt, hvad der var muligt. Det kan ikke nytte noget at give dig flere stråler. Jeg er ked af det, sagde han, men det virkede ikke. *Din tumor er vokset. Det går desværre kun én vej.*

Det var en dæmon, der voksede inde i hovedet på ham. Den rasede og gjorde ham rasende. Han kunne ikke styre det selv. Han vidste, han skulle sige undskyld, og at det formentlig var sidste gang, han så et så smukt område som her, men han vidste også, at det ville være sidste gang, han så sine venner. Så meget havde de nu heller aldrig betydet for ham. Han var klassens anderledes dreng, dengang for år tilbage.

Et sted hjemme i Danmark stod der to betjente og så forundret på to ældre mennesker, der sad sammen og så ud til at stirre ud i luften. Men de så ikke noget.

De var bundet til lænestolene, og halsen var skåret over. De var blege, og en retsmediciner havde slået fast, at de havde været døde i flere dage måske en lille uge.

Over pejsen, der ikke havde været tændt længe, stod der en stribe billeder. De fleste forestillede det ældre ægtepar, og på et par stykker af dem stod de med deres lille søn på armen, som de havde adopteret fra Ghana. Han var ikke bare mørk. Han var sort som natten. Han smilede dengang, og hans tænder var kridhvide.

- *Vi skal finde den søn,* sagde en efterforsker i civil, og pegede på et billede.

De to piger var omsider vågnet og havde krænget deres trætte kroppe ud over sengekanten. Hvilket var noget af en prøvelse i deres tilstand. De stod og gloede på hinanden, og så kom de til at grine af gårsdagens tilstande.

- *Jeg kan ikke huske ret meget fra i går,* sagde Emilie og tog sig til hovedet.

- *Jeg kan bare huske, du skreg af grin hele tiden,* sagde Monique og hostede.

Bag dem kom en af drengene til syne. Han trak vejret tungt og så rundt i stuen.

- *Jeg magter simpelthen ikke at rydde op lige nu. Jeg har mere lyst til at gå en lille tur i sneen og få noget frisk luft. Er der nogen der ved, hvor de andre er?*

Pigerne rystede på hovedet, og Monique kastede sig i sofaen.

- Jeg gider i hvert fald ikke rydde op. Det er jeg sgu ikke kommet til Sverige for.

Det var en typisk bemærkning fra Monique, og den irriterede lynhurtigt Emilie.

- Vi kan vel deles om opgaverne senere. Vi kan prøve at ringe efter de andre drenge. De er garanteret ude at slås med sne.

- Drengerøve, slyngede Monique ud i luften og lød som om hun mente det.

Hun fik et blik af Emilie, der var så spidst, at det ville kunne bore sig igennem stål.

Hun sagde ikke noget, men hvis hun havde gjort det, ville det have været noget med hold nu kæft og let røven og kom i sving med kosten og spanden tøs.

- Jeg vil gerne med ud at gå. Jeg skal lige have tøj på og have fat i min telefon.

- Tag min telefon med. Den er helt ny, kommanderede Monique højlydt.

Hun blev dog skuffet få sekunder senere. Skuffet og eddikesur.

- Jeg aner ikke, hvor din telefon er, min er i hvert fald ikke i tasken, som den burde.

- Ej ok, så svært kan vel heller ikke være at finde min telefon, sagde Monique højt.

Emilie rystede på hovedet og gad ikke reagere. Hun begyndte at tage tøj på.

Der var stille i huset, lige indtil det gik op for Monique, at hendes telefon var væk.

- HVOR FANDEN ER DEN, SPØRGER JEG BARE? DEN ER FUCKING NY.

Den unge fyr stod klar med jakke på. Han så på Emilie, mens han slog på sin jakke.

- Min er altså også væk.

Emilie fandt et lille grin fra baghovedet. Hun pegede ud af huset.

- Det er sgu da drengene, der har taget dem, og nu skal vi på skattejagt eller noget.

- JEG GÅR AMOK PÅ DE IDIOTER, DER HAR RØRT MIN MOBIL.

Emilie lavede trætte øjne og nikkede mod døren.

- Lad os komme ud og få noget luft. Jeg magter ikke hende der lige nu.

Emilie og Martin gik langsomt i sneen. Emilie så rundt efter de andre. Hun lod sig ikke irritere over de manglende telefoner.

Drengene havde garanteret arrangeret en eller anden munter leg med, at man skulle finde sin telefon.

Det kunne bedst ligne dem. Hun smilede lidt af det og så på Martin, der til gengæld havde et helt andet udtryk i ansigtet.

Et udtryk der kunne berette om frustration og nervøsitet i højsædet.

Der var helt stille uden foran hytten. Det var monsterkoldt, og en svag kølig vind gik let gennem jakkerne. Emilie rystede på skuldrene og hoppede lidt på stedet for hurtigere at kunne få varmen. Martin gjorde ikke noget. Han så på den lyseblå himmel og trak vejret tungt. Den kolde ånde dannede en frysende damp fra hans mund.

- Hvor er hun dog irriterende, når hun er sådan, sagde Emilie om Monique.

Martin reagerede ikke på det. Han gned sine hænder og ærgrede sig over, at han ikke havde fået handsker med. Hans fingre var helt stive, og det smertede.

- Gud ved hvor de andre gemmer sig, prøvede Emilie at få lidt snak ud af Martin.

- Ja det ved jeg ikke, kom det stille tilbage.

Emilie lagde en hånd på Martins skulder og så ham i øjnene. Hun stoppede sine skridt lige inden, de gik ind i skoven et par hundrede meter fra hytten. Hun var bekymret og kunne let læse hans triste blik.

- Hvad sker der Martin? Hvad er der galt?

- Det er ikke noget. Jeg har bare nogle problemer derhjemme, svarede han.

- Kom nu Martin. Det er mig for fanden. Vi to har da altid kunne snakke om alt.

Emilie fandt al sin medfølende empati frem og lagde den som en beskyttende kåbe over Martin.

- Jeg har bare ikke lyst til at tage hjem herfra. Jeg vil have at weekenden skal vare for evigt. Ja det lyder sikkert åndssvagt, men sådan har jeg det lige nu.

- Jamen hvad er der sket derhjemme, Martin? Sig det nu bare til mig, sagde Emilie.

Der gik et utroligt ualmindeligt langt øjeblik før Martin åbnede munden.

- Jeg skylder penge derhjemme. Det er ad helvede til.

- Hvem skylder du penge til, Martin?

- Ja det er til en, der gerne vil have man betaler tilbage.

- Hvem er det?

- Du har måske hørt om ham. Han hedder Muhammed, og han har nogle kedelige bekendtskaber, der nok skal sørge for, at man ikke glemmer det.

Emilie lagde armen trøstende om Martin, og de stoppede et øjeblik mellem nogle gevaldige egetræer. Hytten var langt bag dem allerede. De kunne næsten ikke se den mere for træer. Ingen af dem kunne mærke kulden, selv om de begge havde røde kinder. Emilie gav Martin et kram.

- Det er også noget lort at låne penge sådan nogen steder, men jeg kan godt forstå dig.

Monique trampede rundt i rodet. Hun havde ikke løftet en finger for at give bare den mindste hånd for at hjælpe de andre.

Hun bandede stadig højt over det med telefonen. Hun ville fandeme ikke finde sig i den slags pis. De andre var sgu så barnlige.

Hun slyngede sig i sofaen, hvor knuste chips lå og flød. Så bandede hun over det.

Hun lagde benene op på bordet, hvor hun med det ene ben væltede Tokes tomme vodkaflaske på gulvet. Det ragede hende langsomt, at den gik i stykker. De havde sgu bare at komme med den telefon nu. Det kunne kun gå for langsomt. Det var fandeme ikke nogen børnehave, hun var på tur med. Selv om man skulle tro det.

Hun tændte en cigaret, da døren gik op. Toke trådte ind med store støvler på. Monique fik øje på ham, og hun fór op og råbte ad ham. Mellem en masse bandeord nævnte hun gentagne gange sin elskede nye telefon. Den betød alt for hende, sagde hun.

Hun var så gal, at hun ikke engang bemærkede Tokes blodige vinterjakke. Det drev ned ad ham. Både foran og ned langs ærmerne. Hans sorte læderhandsker var blanke.

Han tog pegefingeren op foran munden for at indikere, at hun skulle være stille.

- Jeg har egentlig altid hadet dig, Monique. Det har altid pisset mig af, og gjort mig mere end irriteret. Du tænker kun på dig selv, altid. Det er trættende at høre på. Forstår du, hvad jeg siger? Så du skal med mig. Jeg tager ikke nogen steder uden, at du er med.

Monique svarede ikke. Hun stod bare helt stille foran ham. Også da han løftede sine arme med det, han havde i hænderne.

"SJAK" og igen "SJAK".

Martin stod stille. efter de havde gået lidt videre. De sagde ikke så meget til hinanden.

De var nået op på en lille bakketop, hvor de havde et lille overblik over den enorme sø, der var frosset til.

Naturen tog sig smuk ud, og man kunne kun nyde det i stilhed.

Kulden havde ikke lagt sig. Tværtimod sneg den sig ind under alt tøjet. Et nyt snevejr sneg sig ind over hytten søen og skoven.

Emilie stod og rystede af kulde. Det gjorde ondt i knoglerne.

- Kan vi ikke godt gå tilbage, Martin. Jeg skidefryser faktisk, og så kan vi også tale lidt mere om dit problem. Man må jo kunne gøre noget. Kan man ikke bare tale med ham og sige, at du betaler tilbage over nogle gange?

- Det fungerer desværre ikke rigtig sådan med Muhammed. Han vil også, at jeg skal rejse sydpå og tage noget med tilbage til ham. Det tør jeg sgu ikke.

Emilie tog fat i ham og så ham chokeret i øjnene.

- Det gør du fandeme ikke. Hører du, hvad jeg siger? Du kan risikere en lang fængselsstraf, også hvis du bliver taget dernede. Jeg tror ikke, det er særlig fedt at ryge i fængsel dernede. Det gør du bare ikke Martin, vel?

Martin sagde ikke noget. Hans læber skælvede og han havde svært ved at holde på de fugtige øjne. Klumpen i halsen føltes kvældende.

Nede i hytten blev Monique slæbt hen ad gulvet. Hun efterlod en tyk stribe blod efter sig. Inden da havde Toke været kold i ansigtet det meste af tiden.

Indimellem havde han vredet sig i smerte og taget sig til hovedet. Så havde han grædt helt åbenlyst for så at blive gal på alt og alle. Han havde tyret knytnæven ind i væggen og snerrede ad et spejl, der hang skævt foran ham.

Toke havde revet det ned fra væggen og smidt det fra sig, så det smadrede på gulvet. Så havde han grebet fat i Monique og slæbt af sted med hende.

Udenfor smed han hende i sneen bag huset, hvor Lasse og Esben også lå. Så spyttede han på dem.

Emilie og Martin var på vej tilbage i raske skridt. Det var allerede ved at være sent på eftermiddagen, og mørket trængte sig på, og kunne skjule det skjulte bag huset.

- Lad os se om, der er nogle af dem, der magter noget som helst, sagde Emilie.

Hun prøvede at bevare humøret og hjælpe Martin lidt på vej.

- Esben fik i hvert fald røget nogle fede med Monique i går, sagde Martin.

- Ja og Toke tømte en hel flaske ren vodka alene. Han snorker garanteret.

Da de kunne se hytten på afstand, var der ikke noget lys derinde. Der var helt mørkt rundt omkring huset. Ikke engang lampen, der hang over hoveddøren udenfor, var tændt. Inden de nåede helt hen til hytten, havde den tidlige aftenstund lagt sig.

- Der er slukket over det hele. De er vel kørt nogle steder hen, spurgte Emilie.

- Mon dog. Jeg ser om vognen holder omme på den side, sagde Martin.

De skiltes for et øjeblik. Emilie gik hen mod hytten, og Martin løb gennem den tunge sne.

Fra oven faldt der mere og mere, mens de to venners syn mødte virkeligheden.

Vognen holdt der, men bildøren stod åben.

- Hvad fanden sker der, spurgte Martin.

Han kravlede ind i vognen og satte sig. Sekundet efter hørte han Emilie skrige højt.

Martin så det ikke, men en skikkelse dukkede op fra bagsædet med en istap i hånden.

Emilie stod helt stille, og chokeret så hun alt blodet på gulvet. Hun holdt sig for munden og kunne dårligt skrige mere. Med små skridt gik hun langsomt ind.

Emilie fik tændt lampen udenfor hytten. Blodsporet fortsatte ud af huset. Det tætte snevejr havde endnu ikke fået slettet det røde spor. Hun skreg på Martin flere gange.

Grædende og rystende fulgte hun sporet hele vejen rundt om huset.

Han nærmede sig hytten med en økse og en blodig istap i hænderne. Han svingede hele tiden øksen foran sig som et pendul i et gammelt ur, der skulle markere den sidste tid.

Emilie skreg igen, da hun fik øje på de døde. Specielt da hun fik øje på Lasses ansigt.

- *MARTIN,* skreg hun gentagne gange. Men han kunne ikke svare.

Toke kom bagfra. Han smed istappen foran Emilie. Hendes chok blev ikke mindre. Det rystede og skubbede hende. Hun var ved at vælte bagover.

- *Tror du, Martin kan høre dig nu,* spurgte Toke højt.

Emilie vendte sig og så ind i Tokes iskolde øjne. Der så hun også den blodige økse.

- *Hv-hv-hvorfor Toke,* stammede hun og faldt bagover i sneen.

- *I er alle sammen så fucking ligegyldige nu. Jer og alle jeres små lorte problemer. Jeg er så træt af at høre om dem. Der er ingen af jer, der ved, hvad rigtige problemer er. INGEN AF JER. Du snakker om Lasse, som om det er forbi mellem jer, og alligevel dukkede han op her i går aftes. Jeg smadrede hans hoved med en hammer.*

Emilie kunne ikke holde op med at græde skrigende igen.

- *Hold din kæft, Emilie. Der er ingen, der kan høre dig herude. Så var der Esben, der snakker i søvne. Vidste du, at han havde voldtaget en pige kort inden denne her tur? Nej, det vidste ingen af os. Men han har fået sin straf. Så var der Monique. Hvilket i sig selv var en nydelse. Magen til lorte tøs skal man sgu lede længe efter. Jeg har hadet den tøs, siden jeg mødte hende første gang, og hun sendte mig et elevatorblik. Mere var jeg ikke for hende. En mørk fyr der kunne varte jer andre op. NUL, siger jeg. Jeg vil fandeme leve, inden jeg dør.*

Emilie lå i sneen og gispede og rystede. Hendes blik flakkede fra side til side. Hvad med Martin? Havde han klaret den? Hun håbede, at han ville dukke op.

- *Jeg ved godt, hvad du tænker. Tag det bare roligt. Martin kommer ikke og redder dig. Tror du det for sjov, at der er blod på den istap,* spurgte Toke og pegede.

Emilie prøvede at trække vejret, men det var så koldt, at det stak i næsen.

- *Hvorfor skal du dø,* fik hun fremstammet.

- *Fordi jeg har en tumor i hjernen, og den gør mig gal ad HELVEDE TIL. Det gjorde den også, da jeg var hjemme hos min mor og far for nogle dage siden. Min mor kunne ikke holde kæft om mit helbred, selv om jeg bad hende om det flere gange. Jeg blev sgu så hidsig til sidst. Så jeg SKAR HALSEN OVER PÅ DEN GAMLE KÆLLING, og det gjorde mig ikke noget. Jeg var ligeglad. Forstår du det lille Emilie? Så kom min far hjem. Jeg pandede ham et par slag med bagsiden af øksen, inden jeg også skar halsen over på ham, og så satte jeg dem sammen i lænestolen foran pejsen. JEG VAR LIGEGLAD, EMILIE. Nu skal vi krafteddemig dø alle sammen. Jeg tager jer med mig i døden. For jeg er ligeglad. I troede jeg drak mig fuld i går, men det var kun fucking vand, der var i flasken. Jeg sad og så på jer, mens I sov. Og jeg vidste bare, at I skulle dø alle sammen.*

Toke vendte sig og trak vejret tungt. En af de svære smerter kørte gennem hovedet.

Emilie så det som sin eneste chance og rejste sig og løb. Hun anede ikke hvilken retning, der var den bedste. Hun løb for sit liv. Ud i mørket hvor hun var nærmest blind.

Der var ikke nogen pejlemærker at se efter. Der var sne, og det var det, hun løb på efter bedste evne.

Bagfra kunne hun høre Toke skrige hendes navn. Han skreg, at hun skulle stoppe.

Hun turde ikke vende sig for at se, hvor langt bag hende han var.

Hun spurtede alt, hvad hun kunne magte. Hun ænsede ikke kulden. Kun sin skræk og det hun havde set. De tre lig der lå oven på hinanden. Hun så Monique ligge der med et blodigt flækket hoved og åbne øjne.

Esben, hvis vinterjakke var én stor blodig plet midt på. Og så Lasse der lå der, og pludselig savnede hun ham og hans selskab.

I præcis de samme sekunder kom flere svenske politibiler kørende med høj fart ad motorvejen. De andre bilister trak ind til siden, mens sirenernes toner tordnede derudaf.

Få dage forinden var to pensionister blevet fundet dræbt i deres kolonihave. En ung pige havde meldt en voldtægt, og Esben var blevet genkendt, da han løb derfra.

En mor af sydlandsk herkomst havde meldt sin datter til politiet for røveri. Politiet var ikke dummere end, at de kunne se en vis sammenhæng, da de fandt ud, hvem der var taget på weekendtur sammen.

I en af de svenske politibiler sad der to fra det danske kriminalpoliti. Laursen og Markussen der havde en længere årrække bag sig ved politiet. De svenske politibilers vinterdæk tværede sig gennem de snebelagte motorveje, og inden længe ville de skulle dreje af mod skoven.

Alle politifolkene fik besked over radioen, at de skulle tjekke deres våben, inden de nåede frem.

Emilie var alligevel nået et stykke væk, og hun kunne ikke høre Toke råbe mere.

Da hun ville standse sit løb, blev hun overrasket. Hun gled og faldt, og der gik det op for hende. Hun var ude på søen. Hun vidste ikke, hvad vej hun skulle løbe, og så var hun løbet ud på søen.

Hun rejste sig meget langsomt. Hun forsøgte at orientere sig til alle sider, men det var overskyet, og der kom ikke meget lys fra månen og stjernerne.

Hun var kommet op på knæ, da hun stoppede sine bevægelser for at lytte, og da vendte hun sig mod hytten, og der stod han med øksen få meter fra hende.

- Hvad tror du selv lille Emilie? Den lille dumme blondine, der kunne få drengene til at hoppe og springe i skolen dengang. MEN DET SLUT SIGER JEG DIG. Om lidt flækker jeg også din skal med øksen. Og så får jeg endelig fred i min sjæl. Så kan jeg dø roligt. Så har jeg TAGET JER ALLE SAMMEN MED MIG, råbte han.

Emilie gispede og stod usikkert på benene.

Hun turde dårligt at løbe længere ud på søen. Hvad hvis isen pludselig knækkede under hende? Hun måtte vælge en af siderne. Men hun var også skrækslagen for Toke.

- Kan vi ikke snakke om det Toke? Det er jo sindssygt det her, bad hun.

- JA. Det er sindssygt. Jeg er sindssyg. Det ved jeg godt. Jeg er syg i hovedet, men der er ingen, der ved det her, og I bliver aldrig fundet. Jeg har tænkt mig om, ikke? Jeg brænder jer alle sammen, og I bliver aldrig fundet. Og jeg kan dø roligt, som en mørk engel der tog jer med mig.

Toke svingede farligt øksen fra side til side.

- Toke for helvede. Vi har været venner i mange år, siden vi begyndte i de små klasser sammen. Jeg har sgu da aldrig gjort dig noget. Kom nu, Toke.

Han svingede øksen hen mod hende, og Emilie trådte endnu et skridt tilbage.

- Vi har aldrig været venner, lille Emilie. Du var lærernes kæledægge og kunne aldrig gøre noget forkert, vel? Du var så højt på strå dengang, og jeg hadede dig for det. Ligesom jeg altid har hadet Monique og drengene. Martin, der altid ville spille kort om penge. Jeg havde næsten aldrig nogen penge, og når jeg så havde, så snød han mig ad helvede til, så jeg ikke havde en krone. Og Esben, hvis eneste interesse var pigerne. Selv om de aldrig gad ham. Der var ingen af jer, der koncentrerede jer om den mørke dreng i klassen. Jeg kunne bare være alene, ikke? JEG HAR HADET JER ALTID, FORSTÅR DU DET NU, LILLE EMILIE? UNDSKYLD, MEN SÅDAN ER DET BARE. UNDSKYLD JEG MÅ DRÆBE JER ALLE SAMMEN, MEN HVOR VAR I DENGANG?

Toke svingede øksen om bag nakken og gjorde klar til det afgørende slag, men Emilie sprang til siden, og øksen satte sig fast i isen. Toke rev den til sig og slog igen med samme resultat. Øksen satte sig fast.

Han bemærkede ikke noget, og Emilie sprang for livet hver gang. På et tidspunkt gled hun og faldt forkert. Der var ingen af de to, der havde hørt isen sprække. Ikke før den knækkede under Toke, lige som han skulle til at sætte det sidste slag ind.

Han var sikker på at ramme Emilie, men der røg han i. Han sprællede og kaldte på Emilie, mens isen sprækkede længere og længere ud til siden. Emilie turde dårligt rejse sig. Hun gispede, og Toke skreg.

- EMILIE, HJÆLP MIG. JEG KAN IKKE SVØMME. KOM NU FOR HELVEDE!

I et vanvittigt kort øjeblik. Måske kun i nogle få sekunder, så de hinanden i øjnene.

Det var som om, en masse barndomsminder kørte gennem hovedet på dem begge to.

Den lille mørke dreng, der altid stod alene i skolegården, mens Emilie altid var omringet af andre misundelige piger eller drenge, da de blev lidt ældre.

Pludselig kunne hun godt forstå ham. Blandet med den sygdom Toke desværre havde fået, gav det pludselig mening alt sammen.

Emilie rakte en hånd ud mod ham. Øksen var gået til bunds, og Toke så ikke farlig ud mere.

Han lignede den lille skræmte dreng, han havde været engang, som han lå der og kæmpede sit livs kamp mod døden.

Inde på land nærmede der sig køretøjer med sirener.

Emilie vendte sig og fik øje på tre politibiler. Hun kaldte på dem, da hun så nogen stige ud af dem. Så vendte hun sig mod Toke, men han var væk.

Emilie sad inde på badebroen med et tæppe omkring sig og rystede. Hun stirrede ud over søen og sagde ikke noget. Hun havde en cigaret mellem sine slanke fingre. Ved siden af hende på hver side sad de to danske betjente.

Lausen og Markussen så bekymret på hende. De havde spurgt hende mange gange, hvad der skete, men Emilie kunne kun svare usammenhængende om Toke og hans sygdom, og hvad der fik ham til det. Nærmest som om hun godt forstod den drastiske handling og så alligevel ikke.

Nu var hendes venner borte. Års sammenhold havde måske ikke været så stærkt alligevel. Han havde jo ret omkring dem alle fire. Der var jo ikke nogen, der fulgtes med den lille mørke dreng dengang. Hverken Monique, Esben eller Martin og heller ikke hende selv for den sags skyld. Men det var ikke grund nok til at slå dem ihjel. Det vidste hun godt med sin sunde fornuft.

En svensk betjent kom hen og gav en kort besked til Laursen, og han nikkede.

- Har de fundet ham, spurgte Emilie.

- Desværre ikke Emilie. Din familie er på vej, men vi skal nok snakke lidt mere, når vi kommer hjem til København, ikke?

Et par minutter efter rejste de sig alle tre, da Emilies mor steg ud af en svensk politibil. Emilie brød grædende sammen og løb hen til sin mor.

Det svenske politi gjorde, hvad de kunne med at lyse ud over søen og ledte efter Toke.

Tre ambulancer kørte bort med Emilies venner. De kørte langsomt uden udrykning.

Emilie stod tilbage med sin mor. Hun græd over tabet af sine venner, men hun skænkede også tårer til ham, der ingen havde.

Pludselig rev hun sig løs fra sin mors greb og løb ud mod badebroen. Hun standsede.

- *TOKE,* skreg hun af fulde lunger ud over den mørke sø og havde ondt af ham.

Toke blev fundet, da isen på søen smeltede ved forårstid. Han lå lige så fredeligt inde ved bredden. Det hed sig, at han så ud som om, han smilede. Så havde han fået fred.

Emilie vendte tilbage den sommer og kastede fire roser i vandet. Dem fik Toke ikke, da han fortjente det. Nu var det på tide, selv om det var for sent. Hun blev spurgt hundrede gange, da hun kom hjem, uden at hun vidste hvorfor. Alligevel var der nogen, der ville vide det, da historien kom frem, og Toke ikke var der mere, så spurgte de.

- *Er du nu den, der angrer?*

Tilbage ved den efterladte hytte, var det som om, man kunne høre et kor, der sang en dyster sang i mol. Det var de efterladte døde, der aldrig nåede hjem. De døde der måtte gå op i skoven til de andre skygger af sjæle uden at se sig tilbage.

3.Del

Angrer du?

Varmen var ikke bare stegende. Den var rædselsfuld i Afghanistan det år. Soldaterne var klædt i kakifarvet kampuniform. Selv officererne. Med fuld oppakning var de trængt ind hos en familie. Som de havde under mistanke for at være talibanere. Efterretningsenhedens oplysninger var ganske vist tynde, men soldaterne var trængte af både modstanderne og den altdominerende hede. Humøret kogte på kogepunktet, og de var aggressive. De svingede våbnene foran familien.

De greb familiens far og ægtemand og kastede ham op ad muren i et slidt lille hus ikke så langt fra Helmandprovisen, der ikke havde så uhyggeligt mange leveår tilbage. En af officererne var specielt opstemt. Et håndvåben blev trukket fra hylstret. Det blev trykket hårdt mod panden af familiens far. Officeren råbte og skreg og stillede spørgsmål, som familien reelt ikke havde skyggen af chance for at svare på. De menige stod i baggrunden og så det skete. En af dem talte med fornuft.

- *Slap nu af. Måske ved de ingenting.*

Officeren vendte sig og bad den menige om at trække sig tilbage med en rå tone, der ikke var til at misforstå.

- *Hold nu kæft. Det her klarer jeg,* blev der beordret.

Faren til familien stammede og græd. Hans kone og børn stod i baggrunden og rystede og hev hurtigt efter vejret.

Officeren vendte pistolen mod et af børnene.

- Skal jeg nakke en af dine børn, før du svarer?

De menige havde sænket deres våben, og faren forstod hverken dansk eller engelsk. Han kiggede hen mod sin kone, der stod og holdt sine børn for øjnene.

Sveden drev ned ad de forpustede militærklædte.

Officeren kiggede rundt på sine soldater. Fire menige og en sergent. Tvivlen meldte sig. Kunne man det her? Hvad hvis de vitterlig ikke vidste noget. Så kunne de ikke vise sig der igen. Så ville faren måske vitterlig have et våben at forsvare sig med næste gang. Men officeren var alene med beslutningerne.

Ganske vist var de alle trænet, men pludselig ville der også være vidner til dette scenarie. Ville det hjælpe situationen? Beslutninger og beslutninger. Virkeligheden satte sig fast i psyken. Der blev sort, og i et kort øjeblik var det måske ikke den bedste idé alligevel.

Der lød skud. Mange skud. Det larmede og bragede for ørerne, og nogen blev chokeret og flere faldt om. Ikke kun familien. Der var blod op og ned ad væggene.

Da officeren var færdig, var der kun en lille dreng tilbage. Officeren gik hen og satte sig på knæ foran drengen. Han var ikke mere end måske 7 år gammel. Han forstod ikke noget af det, officeren sagde.

- Jeg er nødt til at ende dit liv her. Ellers bliver du voksen og vil finde mig, og så hævner du din familie. Forstår du det? Kom lad os gå ud og se på solen.

Officeren trak drengen med ud af huset. Han vendte ham mod solen og stillede sig bagved ham. Officeren trak vejret tungt og skød.

Der blev kaldt efter forstærkning. Der blev meddelt, at der var flere danske faldne soldater, og at officeren selv også var ramt. Officeren gik ind i huset og gemte sig. En pistol blev rettet mod egen skulder, og der blev skudt igen.

Der gik år, og ingen blev bebrejdet. Den danske officer fik endda en fortjenstmedalje, men fortiden og retfærdigheden spøgte år efter år efter år.

Ulven løftede overlæben og snerrede. Haren var ikke så langt væk. Den kunne lugte sig til færten af noget spiseligt. Indholdet og de daglige måltider havde ladet vente på sig. Maven knurrede, og det gjorde ikke humøret bedre. Den sænkede hovedet og blottede alle tænderne. Øjnene skulede rundt i skoven. Hvis der var kød, kunne det ædes. Om den skulle bide rive og flå for at pakke kødet ud, så var det en hjertens gerne opgave.

Skovens konge var kommet for at blive. Dens mage var blevet jagtet væk og kørt ned på en landevej et stykke derfra. Med hvalpe i maven og fremtiden på plads og en stor sort han ved sin side. Ingen som i slet ingen skulle bede den finde et andet sted at jage. Der var en ny sherif i byen. Den var stor og sort og ny i området. Et område hvor der sommetider herskede ro og naturlig romantik mennesker og dyr imellem. På andre tidspunkter havde der tidligere været anvendt vold ved en hytte, der befandt sig ved en stor sø, omringet af en enorm skov et sted i Sverige.

Der var ikke mange, der besøgte hytten mere. Den ellers så idylliske bjælkehytte med græs på taget. "Dødshytten" var den blevet døbt i folkemunde. Der var ikke rigtig nogen, der vidste, hvem ejeren var. Der kom sjældent nogen.

Folk havde talt om at rive den ned, men det ville også koste penge, og ingen ville rigtig betale de omkostninger. Så hytten fik lov til at stå og forfalde.

Ind imellem kunne der alligevel komme et par fattige landevejsriddere og slå lejr, hvis det var koldt, og vejret kun bød op til indendørsaktiviteter. Det var ganske vist et sjældent syn, og som regel var de også væk et par dage efter. Hytten havde sit ry og rygte, og ikke mange havde lyst til at blive for længe. Var hytten levende, spurgte nogen. Nej men dem der angrede kunne finde på at lægge vejen forbi. Sådan var det for få år tilbage.

Ulven som konge stod kun få meter fra hytten, da haren tog chancen. Haren gav den alt, hvad den magtede, men Ulven var vågen og spændte hver en muskel, og alle sener kom i spil. Den var vild i øjnene og med fråde om munden, begyndte den harens sidste rejse. Der var ikke nogen reel kamp, for det var hurtigt overstået. Haren nåede dårlig nok at lide. Et stærkt bid satte sig fast i nakken på haren. Der blev knækket og brækket, og skindet måtte give slip. Haren var slap og blev slæbt med ind i et buskads. Et måltid kunne redde dagen. Det var længe ventet.

Chaufføren havde en armygrøn kasket på hovedet og et stjerneformet ar på højre skulder. Bukserne var sorte og sad løst. Der blev båret støvede kakifarvet støvler. Chaufføren havde en grøn undertrøje på. Modsat støvlerne passede den bedre til vejret. Bilens aircondition virkede ikke, så det var med nedrullede vinduer, bilen trillede hen over Øresundsbroen. Sommeren og varmegraderne var på sit absolut højeste, og solbriller var en nødvendighed i bilen. Det var kun turens yngste, der ikke var klædt i mørkt for øjnene.

Det var en Volvo stationcar med en del år på bagen, der skulle fragte familien på teltferie i Sverige. En gammel mørkeblå sag der til trods for alder og år stadig spandt som en lidt rynket ældre mis fra motoren. Så det var farens holdning, at man ikke skilte sig af med den. Den holdning var han så ene om at have. For det var ikke fordi, de ikke havde råd til en ny bil. Hans kone havde da også anskaffet sig en mindre bybil af nyere dato til at fragte sig frem og tilbage på arbejdet.

Moren hed **Mathilde Juul Jeppesen**. Hun var 53 år og ansat på et advokatkontor som kontorassistent. Hun havde kort lyst hår, der stod lidt til alle sider. Hendes øjne var blå, som i virkelig dragende blå af den slags, man havde svært ved ikke at kigge længe på. Hendes ansigt var trukket skarpt op. Hun var glat som en ål, der gjorde det svært at gætte alderen, hvis man ikke vidste det. Hun kunne godt gå for at for at være yngre, men det havde også noget med tøjet at gøre. Mathilde kunne sommetider godt gå klædt som en ung mand i jeans og løsthængende T-shirt. Til trods for alderen var Mathilde stadig i god form og kunne stort set klæde sig i hvad som helst. Hendes krop var slank. Ben og arme var muskuløse og et resultat af hård træning. Hun dyrkede gode lange løbeture og et dagligt besøg i det lokale fitnesscenter. Ud over hendes kontoruddannelse havde fortiden også budt på en uddannelse i militæret. Mathilde havde flere gange været udsendt til for eksempel Afghanistan. På den sidste tur havde hun været officer.

Ved siden af Mathilde sad **Poul-Erik**. Han var 54 år og knap så glat i ansigtet. Han havde ridser og revner, der kunne fortælle om en hård barndom på den københavnske vestegn. En blandt rødderne dengang. Det var fortid, og med tiden blev Poul-Erik mere voksen. Frisuren var mangelfuld, så han havde besluttet at holde håret nede med en trimmer. Bare tre millimeter, det var rigeligt. Poul-Eriks krop havde sine ar her og der. Men han forstod at holde sig i rimelig god form blandt andet ved vægttræning, som han dyrkede hjemme i garagen. Han havde et par solide skuldre og et par overarme, der kunne løfte det meste. Hans brystkasse sad fast, og fik alle hans T-shirts til at sidde stramt. Poul-Erik var selvstændig mekaniker med en fortid i militæret, der også havde rettet op på hans mangelfulde opdragelse. Det havde modnet og styrket ham. Det havde givet ham en tro på ham selv, hvor han altid havde tvivlet. Efter hans uddannelse som mekaniker var hjemme, var han taget til militæret for at få oplevelser. Han havde gjort det godt og var steget i graderne. Efter flere ture til Afghanistan, havde Poul-Erik pludselig trukket sig efter den sidste tur, hvor han i øvrigt var højeste officer i marken.

På badsædet bag forældrene sad børnene, plus en der ikke var deres egen. Den ældste var *Magnus*. Han var en dreng på 15 år. Han valgte ikke samme frisure som forældrene. Hans hår var lyst som morens og langt og sat op i en hestehale. Han vidste godt, at hans far ikke kunne udstå hans hår. Poul-Eriks til tider konservative holdning om, at mænd skulle være mænd med kort hår, skar ofte igennem. Måske var det også Magnus' egen lille protest. Mathilde lod stå til. Hun var ligeglad, men det passede Poul-Erik dårligt. Knægten var kun 15, og så tillod han at have sin egen mening om håret. Ja tiderne havde ændret sig, fra dengang Poul-Erik ikke en gang måtte sidde inde i stuen som barn, fordi han kunne virke forstyrrende på de voksne.

Magnus var dygtig i skolen. Ofte foran de andre. Han blev altid omtalt rosende fra lærerne, fordi han kom let til resultaterne. Men på andre områder var Magnus en dreng, der skilte sig ud. Atletik sagde ham ingenting. Hvorfor løbe og svede og anstrenge sig når man kunne bruge tiden på så meget andet. Det var ikke en hemmelighed, at sport ikke sagde Magnus noget. Det var slet ikke der, hans største hemmelighed lå. Den lå mere placeret på det område, at piger ikke sagde ham noget. Han var simpelthen ikke tiltrukket af dem, selv om hans far tit havde bedt ham om at se efter den ene flotte pige efter den anden, når de var ude at køre alene. Magnus himlede med øjnene, men han turde ikke fortælle sin far sandheden. At følelserne var lagt i skødet på hans bedste ven, *Stanley*. En anden af bagsædets yngre generationer. De to drenge, der havde gået i klasse sammen siden de startede, kunne bruge mange minutter på at se hinanden i øjnene og ikke sige noget. Stanley kunne virke mere feminin og gjorde noget ud af tøjet. Han var en ivrig danser til tidens toner, når drengene var på værelset for at lytte til musik. Hans forældre var derimod mere forstående og var allerede godt klar over, hvad vej det gik. Stanley var klædt i spraglede shorts og bar overkrop, hvilket Magnus ikke havde det mindste imod. Der var endelig noget at kigge på. Stanley var forholdsvis sportstrænet og havde i flere år været en ivrig svømmer i skolen. Hvor Magnus var knap så farverig og gerne gik klædt i lidt for store hvide T-shirts og løse jeans, der var klippet kortere lige over knæene, havde Stanley farverne. Også med hans røde hår, hvilket Magnus også var vild med at røre ved.

Stanleys røde hår var halvlangt, og gav ham en vane, der hele tiden gik ud på, at han skulle køre en hånd igennem det.

Den sidste af bilens besætning var efternøleren og datteren, **Leonora**. En smuk lille lyshåret pige på 7 år, der elskede at synge. Specielt når moren så sagde, at hun sang godt. De havde fået hende i en moden alder, fordi Mathilde nægtede at få en abort. Hun ønskede sig det barn, og det var en lettelse af de kæmpestore, da hun så, det var en pige. En drøm var gået i opfyldelse. Gennem hende kunne Mathilde måske få lov til at leve lidt af det liv, hun ikke selv nåede for en tid i hvert fald. Den lille pige havde store lyse krøller og gik mest i kjole og bare tæer. Pigen, hvis normale kaldenavn bare var Leo, sad med sin dukke, Conny i hånden og talte med den. Hun viste dukken udsigten over vandet, mens de kørte over broen og digtede en historie om, at vandet under broen var verdens dybe hav, og at der kunne stå hundrede busser ovenpå hinanden nede på bunden uden, at man kunne se dem.

Magnus grinede af søsterens historie.

- Er du sikker på det, Leo? Har du målt efter?

- Selvfølgelig er jeg sikker. For jeg har jo lige fortalt det til Conny, og så passer det, svarede hun.

Stanley grinede også næsten som alle andre. Der var kun én, der ikke grinede med. Men de fleste kunne godt se det morsomme i hendes forklaring.

Der var en, hvis følelser og samvittighed var blevet i Afghanistan. Det der blev gjort, var forkert, men det blev gjort i affekt. I en voldsomt presset situation skulle der tages en beslutning. En officer havde lukket øjnene og forsøgt at tænke den bedste beslutning igennem, og her brød det sammen. Man havde pludselig peget på sine egne med sit våben og tømt magasinet. Husets familie havde set det og stod chokeret og så på. Officeren havde grebet en af de meniges geværer og mejet moren og faren ned. Tilbage stod der to børn. Det ene barn blev skudt inde i huset. Henrettet på klos hold. Det andet barn blev slæbt med udenfor. Officeren havde aldrig forladt Afghanistan følelsesmæssigt.

Hytten lå som et mørkt monument fra fortiden. Glasdørene var knust. Ethvert vindue var spoleret med stenkast. Dem der havde turde nærme sig havde blæst det hele omkuld. Men de havde sjældent været der særlig længe, fordi hytten havde sit eget ry. Det var ikke her, man overlevede hed det sig. Unge mennesker, der bød hinanden op til mandfolkeprøver, havde passeret hytten og var kørt igen, inden skygger og mørke havde overtaget.

Området omkring hytten lå hen som noget upasset. Ukrudtets rødder havde brudt igennem indkørslen, parkeringspladsen og det tykke lag grus foran huset. Der var øde og stille som før, men det havde taget til. Hytten havde nærmest fået sit eget liv. Indenfor herskede der en stemning af sanseløs støjende stilhed. Historier af hændelser havde sat sine spor. Intet var, som det kunne være. Der var spindelvæv fra alle hjørner i så tykke lag, at det var i stand til at bære kilovis af støv. Ikke en eneste lille plet på gulvet var rent.

Skovens dyr havde besøgt stedet og kunne krybe i ly for vind og vejr. Nogen blev boende og tog sig den frihed at leve af menneskers rester. Nogen levede godt der. Selv skovens nye konge havde listet forbi. Han havde besat det og knurrede ad enhver, der bare tænkte på at slå sig ned der. Til tider kunne der være en rotte, der måske troede, at det var her, man kunne slå sig ned og bo men kun indtil, kongen var sulten igen.

Leonora var faldet i søvn på bagsædet. Mathilde havde overtaget rattet og kørte stærkt på de svenske motorveje. Poul-Erik læste nyheder på sin telefon, og rystede på hovedet ad en politiker, hvis personlige forhold og homoseksualitet blev fremhævet igen. Poul-Erik rystede på skuldrene, som var det han frøs. Han havde det stramt med det. Det lå ham så langt fra det, som han var blevet hårdhændet opdraget til. Den slags mennesker var dem, man enten trynede med spot og spe eller ordnede med knyttede næver i de sene timer på vej hjem fra en fest i ungdomsklubben dengang.

Ved siden af hinanden sad Magnus og Stanley. Da Poul-Erik havde åbnet vinduet lidt, havde Stanley taget sin T-shirt på igen. Drengene var bare stille og havde lagt en trøje hen over benene, og under trøjen sneg de sig til at holde i hånden. Magnus kiggede længe på sin far. Han måtte bare ikke opdage det, for han ville aldrig kunne forstå det og slet ikke hans egen søn. Han ville slet ikke kunne acceptere det. Om han så skulle banke det ind i knægtens hoved.

Der var generelt stille i bilen. Noget nær den eneste lyd, ud over bilens motor, var Leonoras svage snorken.

Mathilde var langt væk i sine egne tanker og blev en smule forskrækket, da Poul-Erik brød stilheden.

- Prøv lige at høre her drenge. Mor og jeg slår teltet op, så hvis I gider at finde noget brænde til et bål, så får vi hurtigt lavet en hyggelig lejr ude i skoven. Er I med på det?

- Hvor stort er teltet, far, spurgte Magnus.

Poul-Erik vendte sig og så på ham.

- Stort nok til at der er to separate soveværelser. Jeg tænker, at vi nok finder ud af at fordele os, ikke?

- Stanley og jeg kan sove i det ene, hvis I så tager Leo ind til jer i det andet.

Poul-Erik så sin søn øjnene i et langt stykke tid. Med et blik der buldrede af stormvejr og lynnedslag.

- Måske vil Leo hellere sove sammen med jer.

Den voksne bredskuldret mand vendte sig helt om.

Faren kneb øjnene sammen. Tonelejet var ikke til at tage fejl af. Poul-Erik var ikke blind og havde godt set, hvad vej det kunne gå. Ingen af drengene så det, men Mathilde lagde armen over mod sin mand og trykkede en hård pegefinger i låret på ham. Hun kastede et lynblik, der kunne tydes som, "lad det ligge".

Poul-Erik vendte sig tilbage og så ud af forruden. Han stirrede mod solen, der stak i øjnene. Han lukkede øjnene og tænkte sit.

Der blev ikke sagt meget mere på køreturen.

En god times trilletur på motorvejen senere, drejede Mathilde af mod nogen landeveje. Hun havde sat sin GPS på telefonen og fandt frem mod den store skov. Landeveje blev til grusveje, indtil telefonen ikke længere var behjælpelig. Herfra måtte man gætte sig til resten og finde det spot, man havde lyst til, og hvor man ønskede at slå lejr.

Den aldrende Volvo standsede og sukkede tungt, og Mathilde trak hårdt i håndbremsen. Da vågnede Leonora. Hun gabte og rettede sig op. Hun løftede Conny, så de sammen kunne kigge ud af sideruden. Hun vinkede til en fugl i et træ, der havde fundet lidt skygge. Herfra kunne den også holde øje, hvis en af skovens mindre mus piskede hen over bunden.

- Er vi så i udlandet nu, spurgte den lille pige.

Drengene grinede, og forældrene trak også lidt på smilebåndet. Poul-Erik løftede sin lille pige.

- Ja lille skat. Nu er vi i udlandet.

Med en vis erfarenhed var teltet hurtig rejst. Drengene var gået efter brænde, og der blev snakket forældrene imellem. Der var uenighed og spydigheder i det trætte ægteskab, der i de sidste par år vel nok mest af alt havde kørt på rygraden og mindede mere om et venskab, der havde noget kant end noget andet. Det var ikke som for år tilbage, da de begge lige var blevet færdige hos militæret. Dengang kunne de bruge dage og nætter på lange dybe samtaler uden hvil. Det var som om, samtalerne havde fundet sin sidste holdeplads. Der var ikke rigtig nogen af dem, der kunne finde mere at snakke om. En af dem havde trukket sig hurtigere, som var der noget, der pinte fra fortiden, men hver gang den anden søgte indblik i de følelser, blev der lukket i.

Som tiden var nu, var det børnene det gjaldt og intet andet. Kærlighed tosomhed og tryghed. De værdier de fandt sammen om, var hvisket ud. Slettet fra tavlen simpelthen.

Poul-Erik tæskede sin sidste pløk i med en gummihammer, mens han så sig surt omkring.

- Du må sgu da indrømme, at det er underligt. Det er to drenge for fanden. Hvorfor kan Magnus ikke bare være som andre knægte? Find et tøsebarn på et tidspunkt. Det andet er sgu ulækkert, hvis du spørger mig.

- Jamen jeg spørger ikke dig. Jeg er fuldstændig ligeglad. Er du med? Og du siger eddermame ikke noget til drengene. Nu lader du dem bare være.

Mathilde kunne være lige så skarp i tonen, som han kunne. Hun kunne også lyne med øjnene, og det var et udmærket tegn til Poul-Erik. "Så kan du godt trække dig."

- Ja de skal krafteddemig ikke ligge i mit telt og snave, det kan jeg godt fortælle dig. Så flejner jeg sgu. Så ryger han eddermame ad helvede til, ham Stanley.

Der blev sukket højlydt dem begge imellem.

Mathilde rejste sig og gik helt hen til ham. Hun så ham direkte i øjnene. Der var kun plads til et tyndt stykke papir mellem dem.

- Hvorfor siger du det ikke lidt højere, din narrøv. Leo sidder inde i teltet og kan høre det hele. Hvad tror du, hun tænker? Drengene kan være her lige om lidt. Nogle gange er du simpelthen så dum, Poul-Erik. Træk dig soldat!

Hun holdt blikket, så det stak i hans øjne, og ventede i tyve sekunder. Så drejede hun om og vendte ham ryggen.

Ikke hysterisk mange meter derfra stod Magnus og Stanley og hørte diskussionen. Magnus var flov. Samtidig kogte han over farens udtalelser. Han holdt virkelig meget af Stanley. Mere end han havde turde åbne op for. Han havde aldrig sagt ordene højt. Han havde kun smagt på ordene. Der var ikke lyd på. Lige der rødmede han så voldsomt, at han ikke turde se Stanley i øjnene. Stanley så det røde ansigt og forstod sin vens situation. Han rettede på håret og trak Magnus om bag et stort træ, hvor ingen kunne se dem. Han holdt ham på skuldrene og trådte tættere på. Deres læber mødtes. Det var første gang for Magnus, men det gjorde ikke nydelsen mindre. Kysset varede i århundrede eller måske tredive sekunder, men det var bedre, end Magnus forestillede sig. Han kunne dårligt få vejret bagefter.

Senere var bålet sat i stand, og alle fik lidt at spise. En af de tidligere officerer stirrede ind i bålet og var reelt et andet sted. Et sted hvor samvittigheden brændte alt kulsort. Et sted man aldrig forlod, og et sted der gjorde, at en bod skulle gøres op. Leonora underholdt med fortællinger om Conny. De grinede med, selv om ikke alle morede sig. Hendes mor og far tilførte dåselatter. De var sure på hinanden, og Poul-Erik skulede indimellem surt over på Stanley. Han kunne slet ikke tage det, da Stanley vendte hovedet og smilede til ham.

Leonora fik skumfiduser på en pind og hen over flammerne og talte med de søde sager i munden.

- Jeg vil gerne bade i søen. Eller det er faktisk Conny, der gerne vil. Må jeg gerne? Kunne vi ikke også gå en tur?

- Vi bader i søen i morgen, skat. Det skulle blive rigtig varmt i morgen, har de lovet, og jo selvfølgelig kan vi gå en tur, svarede Mathilde smilende.

- Men jeg vil altså holde dig i hånden, mor, og far skal tage sin kniv med, hvis der nu kommer en kæmpe bjørn, der vil spise os, for så bliver jeg altså bange.

Poul-Erik løftede sin jagtdolk. Den skinnede i den tidlige aftensol. Den var bred og lang, og han var ikke så lidt stolt af den.

- Far har kniven med, skat, sagde han.

Et stykke derfra længere ind i skoven stod kongen og så dem. Dens øjnene stod på stilke, mens den blottede sine tænder og knurrede lavmælt. Hvis de var kommet for at blive, ville de finde ud af, hvem der regerede her. Det var ikke alle, der bare fik lov til at bevæge sig ind på dens gemakker, medmindre de forsvandt hurtigt igen. Ellers ville kongen være tvunget til at gribe ind.

Familien gik samlet. Magnus turde ikke gå for tæt på Stanley, så han fandt en gren, som han fægtede med ud i luften. Det morede Leonora. Stanley gik ved siden af Mathilde der spurgte ind til hans svømning. Stanley kunne fortælle, at han var kommet ind i en klub og var røget direkte ind på et udvalgt hold, der skulle svømme om Sjællandsmesterskabet. Poul-Erik havde ikke den mindste lyst til at høre om svømmemesterskaber. Han ville ikke en gang se på Stanley. Han gik og nedstirrede sin søn. Han vidste det, selv om ingen havde sagt noget endnu. Om Magnus nogensinde ville turde sige noget til sin far var nok også tvivlsomt.

De havde gået en lille times tid, og Leonora hang på sin fars skuldre, da de stoppede. Der var ingen af dem, der sagde noget. Selv den mindste skovmus ville have kunne høres der, hvis den havde lettet en vind. Poul-Erik satte Leonora ned og tog hende i hånden. Hverken Mathilde eller drengene sagde noget. De stod bare stille foran hytten.

- *Hvem bor der, mor,* spurgte Leonora.

- *Det er der ikke nogen, der gør,* svarede Mathilde.

- *Vidste du, der lå en hytte her i nærheden?*

Mathilde så på Poul-Erik og rystede på hovedet.

- *Nej, selvfølgelig gjorde jeg ikke det.*

- *Skal vi kigge ind i hytten,* spurgte Magnus.

Han stod stadig med sit kunstige sværd og fægtede.

- *Er du modig nok til det,* spurgte faren.

Det var sagt med en hånlig tone, og Mathilde så ondt på Poul-Erik. Hun behøvede ikke at sige noget. Blikket var nok.

- *I drenge kan bare kigge ind. Jeg bliver her med Leo.*

Mathilde tillagde sig selv en venlig tone og tvang et smil på sine egne læber.

Den lille pige havde vendt sig mod søen.

- *Orv se mor. Der er også en badebro,* sagde hun.

- *Ja, så går vi ned og kigger på den, skat.*

Faren stod foran de knuste glasdøre. Han så på de tykke bjælker, der holdt sammen på huset, og så trådte han et par forsigtige skridt ind.

Stanley stod med et eftertænksomt blik. Han spolede i sin hukommelse og kom i tanke om noget, han havde læst. Han lagde en hånd på Magnus' skulder.

- *Jeg har læst om denne her hytte,* sagde han lavt.

- *Har du læst om den,* spurgte Magnus overrasket.

- *Ja, et sted en gang. Det var i avisen tror jeg. Lige præcis denne her hytte. Jeg kan huske, jeg har set den før. Det er et par år siden. Der døde vist en masse unge mennesker.*

- *Døde, jamen, hvad mener du? Hvordan?*

Stanley nåede ikke at sige mere. Så stak Poul-Erik hovedet ud. Han smilede til drengene.

- *Tør I ikke at gå med ind,* spurgte han.

Stanley gik forrest. Den far skulle ikke få skovlen under ham. Han kendte tilfældigvis hyttens hemmelighed, og i virkeligheden var han skræmt og rystede på hænderne, men det ville han nægte, hvis nogen havde spurgt.

Ødelæggelse og rod var ikke nok. Det var en betegnelse, men den dækkede ikke hyttens udseende. Alt, som i alt var væltet og ødelagt. Efter hyttens hændelser havde den haft besøg formentlig af unge mennesker. I hvert fald nogen med spraydåser. Der var skrevet og tegnet på væggene. Forskellige budskaber og dødningehoveder. Der var ikke efterladt et eneste stykke porcelæn eller glas, der ikke var knust. Man kunne kun gætte, at disse unge mennesker havde haft en fest af en art og var forsvundet, inden mørket havde grebet området i sin stærke hånd.

- *Hvor er her ulækkert,* sagde Magnus.

Poul-Erik sagde ikke noget, for knægten havde jo ret. I baggrunden stod Stanley. Han rystede stadig på hænderne.

Udenfor på badebroen stod Mathilde og Leonora stadig. Mathilde skulede ind mod huset. Leonora vendte sig.

- *Skal vi også ind i huset, mor,* spurgte hun.

- *Nej, det skal vi ikke, skat. Vi skal snart tilbage til vores telt, og så vil jeg lave noget aftensmad til os.*

- *Må mig og Conny godt få burgere?*

Mathilde smilede en smule og kiggede stadig på hytten. Hun nikkede, men Leonora så det ikke.

- *Må vi ikke godt få burgere, gentog pigen.*

Mathilde kom til sig selv og kiggede på sin datter.

- *Undskyld skat. Jo, nu må vi se, hvad vi har med.*

Et par brune øjne stillede skarpt. Man kunne ikke høre kongens tanker. De dygtige ville måske kunne læse dem.

"Det er min hytte, I holder jer væk."

Henad aftenen blev både Leonora og Conny trætte. De lå sammen på en oppustet madras og snorksov. Mathilde tog pigen og løftede hende ind på sin plads.

Poul-Erik sad med en tyk gren og spidsede den med sin jagtdolk. Det var ikke, fordi den skulle bruges eller have sin plads ved siden af ham. Det var ikke udnyttelsen, men det var det at lave den. Humøret var bare ikke til andet. Da grenen efterhånden mere mindede om et kort spyd, trykkede han det i jorden og plantede dolken ved siden af. Poul-Erik var lidt i sin egen verden. Han kiggede ud over søen, mens stilheden havde lagt sig i skoven. Der var ikke længere alle fuglenes evige kvidrer. Der var endelig ro. Han tvang sig selv til ikke at sidde og lytte til drengene, der havde travlt med at tale om musik eller klassekammerater, der på den ene eller anden måde stak ud.

En god times tid senere var alle gået til ro. Natten var mørk og timerne sene. Leonora sov med Conny i armene lige så fredeligt, så alt andet var ufarligt. De voksne lå med ryggen til hinanden. Den ene sov ikke. Åbne øjne stirrede på ingenting, men bag pandelappen var der uvejr. Der var et båls gnister i tusindvis, og gnisterne var lige ved at finde sammen til noget, ingen kunne forudse.

Inde hos drengene var der også stille. De sagde ikke noget, og de gjorde ikke noget, der ville sætte brand i nogens følelser. På den anden side sov de heller ikke. Magnus og Stanley lå og så hinanden i øjnene. Der var så meget forståelse, og så mange ting de aldrig havde turde sige til nogen. For rigtig mange ville have en mening om det, og den mening havde de ikke behov for at høre. For drengene var et sted, hvor der ikke var andre.

Ikke så langt fra teltet vandrede kongen rundt. Den snusede til menneskene og deres lejr. Måske var de en udfordring. Måske var de en forhindring. Kongen lyttede til deres vejrtrækning og trak sig. Tilbage til det sted hvor kun en konge regerede. Det var hans kongerige. Han rystede sin sorte pels og lagde sig på det, der engang havde været en nydelig blomstret sofa.

Han trak vejret tungt og fandt sin hvile så længe, de holdt sig på afstand. Hans var hans. Han ville ikke dele og slet ikke med menneskerne. Hvis den mindste lyd vækkede ham, var han forberedt.

Fuglene sang fra den tidligere morgenstund. Solen gabte og skulle lige strække sig, inden den gjorde klar til endnu en sommerdag uden skyer på himlen. Ikke andre end dem der levede og boede i sindet på en tidligere officer.

Mathilde vågnede ved Poul-Eriks snorken. Hun skubbede til ham, og af gammel vane trillede han om på siden og sov videre. Hun rakte ud efter Leonora og regnede med at mærke hendes lille krop, men hun var der ikke. Mathilde rejste sig hurtig op. Pigens seng var tom.

- *Poul-Erik, vågn op. Hvor fanden er Leo,* sagde hun.

Han var længe om at vågne og gabte med et langt støn.

Mathilde var på benene hurtigere, end Poul-Erik kunne nå at glippe med øjnene. Det var da, hun så at teltet stod åbent. Hun bukkede sig og gik ud. Der var stadig lynet ned ind til drengene, men det kunne ligne pigen at kravle derind, så Mathilde rev lynlåsen ned og kiggede ind, men drengene sov roligt i hver deres sovepose. Leonora var der ikke. Det gjorde ikke Mathilde mere rolig. Hun kunne se at teltet stod åbent, og hun kaldte pigens navn. Men ingen svarede.

Leonora var stået tidligt op, før nogen hørte det. Hun var imod alle regler gået ned til vandet bare for at dyppe tæerne, men hun var ikke alene. Et par brune øjne så hende på afstand. Han nærmede sig, indtil de stod ansigt til ansigt.

Der skete ingenting, for han så hende ikke som en trussel. Skovens mindste pige og skovens største konge. Hun stod stille og snakkede og fortalte om Conny og af en eller anden unaturlig grund på en eller anden unaturlig måde, fandt de hinanden de to. Han satte sig roligt ned og lyttede til pigens rolige stemmeleje. Der var noget, der tryllebandt ham til dette lille smukke menneske. Han satte hovedet på skrå og duftede og lyttede til hende. Så begyndte hun at synge for ham, og han var rolig.

Tilbage i lejren var opstået panik. Leonora var væk, og alle var på tæerne. Poul-Erik var vågnet og fór ud ad teltet. Han så sig omkring og kunne bestemt ikke lide situationen. Magnus og Stanley var også kommet op og var klar til at sætte en eftersøgning i gang. De gik alle fire i hver deres retning og begyndte at kalde hendes navn.

Kongen hørte hurtigt de andre menneskers kald og rejste sig op. Han sænkede sit hoved og knurrede.

- Du skal ikke være sur. Det er bare min mor.

Leonora virkede helt rolig. Hun vendte sig om smilede.

Kongen kradsede i jorden som en olm tyr. Hvis hans nye bekendtskab var i fare, ville børsterne rejse sig øjeblikkeligt.

Mathilde kom løbende og kunne ånde lettet op. Leonora stod helt alene. Hun stod bare der i skovbrynet med Conny i hånden.

- Hvor har du dog været lille skat? Du må ikke bare stå op og gå ud af teltet uden at vække mig.

Mathilde gik på knæ foran pigen og strøg hende gennem håret.

- Men jeg var ikke alene mor, sagde Leonora.

Mathilde smilede og så på Conny.

- Nej, det er rigtigt skat. Du havde din dukke.

- Ja men der var også en stor hund. Så du ikke den?

Mathilde så sig lidt nervøst omkring.

- En stor hund?

- Ja. Så du den slet ikke? Den var her lige. Det er nok nogens hund. Jeg ved det ikke. Den var her bare lige pludselig. Jeg har lige stået og snakket med den.

Mathilde nåede frem til den konklusion, at den store hund kun levede i pigens fantasi. Store løse hunde i store svenske skove fandtes vist ikke i virkeligheden. Hun løftede sin smukke datter og på vej tilbage til lejren, fortalte hun igen og igen, at Leonora ikke måtte gå nogen steder på egen hånd.

Inde fra skyggerne i skoven stod kongen. Han knurrede af den voksne dame, der kom og tog hans nye ven. En menneskepige der havde grebet hans hjerte og vist ham, at menneske og dyr godt kunne enes. Det skete, da de havde set hinanden i øjnene. Der opstod der magi i skoven.

Da freden havde sænket sig over lejren, og alle var samlet igen, blev der spist morgenmad. De fleste grinede af

Leonoras lille udflugt, men Mathilde stod og stirrede ind i skoven, mens hun gentog for sig selv.

- *En stor hund.*

Der var bred enighed om en tur i vandet. Drengene var helt oppe at køre. Poul-Erik nøjedes med at sætte sig i solen til at begynde med. Mathilde gik ud i vandet med datteren på armen. Hun stoppede, da det gik hende til knæene. Her kunne hun dyppe Leonora, som skreg, fordi det var for koldt.

Stanley var en dygtig svømmer og var hurtigt ude, hvor han ikke kunne bunde. Så dykkede han og kom først op adskillelige sekunder efter. Magnus var imponeret.

De to voksne sad inde ved bredden med Leonora, der havde fået et håndklæde om livet. En tur i vandet var alligevel ikke så hyggeligt, som hun troede, det ville være. Så hun satte sig med Conny og fortalte, at vandet sikkert også bare var fyldt med kæmpe hajer, der bare ville æde alle dem, der frøs i vandet. Så derfor ville hun ikke i mere.

En af de voksne blev ramt af noget, der kunne minde om migræne. Man tog sig til hovedet, men lige lidt hjalp det. Det var heller ikke en migræne, der trykkede. Det var den forbandet samvittighed. Det var næsten, så det sortnede for øjnene, og man skar tænder. Det var aggressivt. Var der mon en grund til at leve videre? Når andre var tvunget til at dø dengang? Med et åbnede en ny dør. Måske burde man afslutte det hele og sørge for, at ingen kom hjem. Så var boden vel betalt. Tidligere synder kunne ikke tilgives. Nogen mistede deres børn, og andre mistede deres ægtefælle. Der var flere, der ikke kom hjem, fordi man selv havde svigtet, dengang da tvivlen meldte sig. Flere idéer dukkede op i hovedet. Skulle man skrive sin historie til en anden tidligere officer og fortælle, hvad der rigtigt skete og så gøre en ende på sig selv og sin familie?

- *Jeg tager lige en dukkert,* sagde den skyldige.

Kongen lå roligt inde i mørket. Så længe de ikke gjorde den lille pige noget, var han rolig. Han så, hun vendte sig, og for et øjeblik stillede han sig ud i lyset, så hun kunne se ham. Så vinkede hun til ham. Der var ikke nogen andre, der så det.

Der var heller ikke nogen der så to drenge kysse hinanden under overfladen. Kongen løb ind i skoven, da en af de voksne løftede pigen op.

Leonora hang på armen på den ene, da den anden kom op. Poul-Erik piftede efter drengene, der begyndte at svømme indad. Lykkeligere end nogensinde.

Den lille pige så efter sin nye ven, men den var ikke at se nogen steder.

- *Hunden var her lige igen,* sagde hun.

Mathilde vendte sig hurtigt om, men der var ikke nogen at se. Hun så den ikke, men den så hende.

Henad eftermiddagen blev det værre for den tidligere officer. Man stirrede på drengene, der morede sig med at lave en hytte. Man så den lille Leonora hjælpe dem, og man fældede nogle tårer. Hun var så lille og uskyldig, men ville hun kunne forstå, at hvis virkeligheden blev opdaget, ville hun skulle være ensom i mange, mange år. Uden nogen at læne sig op ad.

Virkeligheden var forfærdelig. Den var svær at leve med i forvejen, og hvorfor skulle resten af den lille familie så leve med skammen af, hvad der skete? Måske skulle man bare sørge for, at de alle sammen forsvandt.

Drengene hørte om de måtte gå i vandet igen, fordi varmen var trykkende.

- *NEJ, der er hajer i vandet,* råbte Leonora.

Magnus grinede. Poul-Erik sendte et nedladende blik mod Stanley. Mathilde sad med sin mobiltelefon. Hun kiggede op og så på Magnus.

- *Jeg vil hellere have i laver noget, hvor Leo kan være med. Kan I ikke gå en tur med hende? Vis hende skoven, men husk, Magnus. Du må under ingen omstændigheder slippe hende af syne. Er det forstået?*

Magnus gjorde honnør for at drille. Han vidste godt, at hans mor egentlig hadede, når han gjorde det. Hun sendte ham et tegn formet som en langemand, der strittede i vejret.

Leonora gik i midten, da de tre gik derudaf. Poul-Erik rejste sig og råbte med en bestemt tone.

- *I skal ikke gå ned til den hytte. Det er ikke noget for Leo. Ok?*

Stanley havde allerede dannet sig en mening om ham, så det var imod al forventning, at det var ham, der vendte sig og gjorde honnør. Poul-Erik stirrede ondt efter ham. Han kunne have kvalt den knægt. Det ville ikke en gang være svært. Bare sætte sine overarme rundt om halsen på ham og stramme til. Lige der blev der taget beslutninger.

- *Hvor skal vi egentlig hen,* spurgte Leonora og så op.

- *Det ved jeg ikke. Hvor vil du hen,* spurgte Magnus.

- Jeg vil bare ikke i vandet, og vi må ikke gå ind i den hytte. Det sagde far. Måske møder vi min ven, hunden.

- Hvad er det for en hund, spurgte Stanley overrasket.

- Bare en jeg mødte i morges. Sådan en stor sort en.

Magnus rystede på hovedet.

- Min lillesøster har en livlig fantasi. Der findes ikke løse hunde i de svenske skove, Leo.

Pigen så op med et ansigt, hvor munden stod åben.

- Tror du måske jeg lyver? Det er altså rigtigt. Den var kæmpestor, men den satte sig bare ned ved siden af mig.

- Så mor den, spurgte Magnus smilende.

- Nej, for så løb den væk. Den er nok bange for voksne.

Drengene så på hinanden og grinede stille. Stanley blinkede til Magnus, hvis hjerte blev varmere end solen og større end universet. Alle fire kamre var fyldt med ubeskrivelige følelser.

Tilbage i lejren tog handlingerne fat. Beslutningerne skulle udleves nu. Det skulle starte et sted, og det var bedre at begynde med en, der reelt kunne være en trussel.

Billeder dukkede op for nethinden og inde bag kraniet. Billeder af gode danske men døde soldater. Man gispede. Da var man låst i sine handlinger, men man havde før været så professionel, så det at dræbe ikke var det værste, men man på et splitsekund fra fortiden traf den værste beslutning, man overhovedet kunne. Man havde kun tænkt på sig selv. Jeg, mig, og kun mig. Jeg VIL overleve. Ikke andet.

En gummihammer var det første våben. Et slag var ikke nok. Den blev tyret i hovedet så mange gange, at modstanderen lå stille. Den tykke gren, der var blevet spidset dagen før, blev trykket hårdt ned gennem ribbenene. Det blødte voldsomt, men det var tvivlsomt om den ramte nogensinde nåede at mærke døden. For at trykke grenen det sidste stykke kom gummihammeren i brug igen.

Morderen holdt vejret et stykke tid. Himlen blev besigtiget. Nu var der ingen vej tilbage.

- Jeg skal altså tisse, sagde Leonora.
Magnus sukkede og himlede med øjnene.
- Ja selvfølgelig skal du det, sagde han træt.
- Der er ikke nogen, der må kigge, sagde pigen.
- Nej, nej jeg skal nok holde øje. Det gør vi begge to.
Stanley smilede venligt og vendte sig om.

Tilbage i lejren forlod morderen gerningsstedet. Det sidste der blev taget i hånden, var den store blanke jagtdolk. Kun et øjeblik efter selve denne sanseløse handling var der stille og det eneste, man kunne høre, var søen, der skvulpede let, og de fugle der sang for fulde struber. De havde stadig masser af luft i lungerne. Det var ikke alle, der havde det.

Lejren fik nyt besøg, da kongen pludselig vandrede ind i den stille og roligt. Han kiggede sig omkring. Noget var ikke, som det naturligt ville være. Han snusede, og blandt skovens lugte var der en ny. Kongen lænede sig ind over liget. Han smagte på blodet og så sig omkring. Der var noget, der ikke var, som det burde, og så løb han.

Morderen gik i den retning, som børnene var gået. En ny dagsorden var planlagt med et nyt syn på liv, man ikke magtede mere. Den tidligere officer trampede gennem skoven uden at vide, at kongen fulgte med på afstand.

Om det var tilladt eller ej var ikke relevant, for lige med et lå den der foran dem. Den efterladte uhyggelige hytte der med sine egne historier kunne fortælle om grusomme dødsfald og flere sjæle, der mødte sit endeligt. Drengene ville bare ikke følge reglerne, for hytten havde en magnetisk tiltrækningskraft ud over det sædvanlige. Den dragede dem.

- *Vi måtte slet ikke gå herhen. Det blev der sagt. Jeg vil i hvert fald ikke med ind, og det vil Conny heller ikke.*

Leonora trådte flere skridt tilbage. Hun slap sit greb i Magnus' hånd. Hun så skræmt på hytten, som om den skulede til hende med et ondt syn og en sulten mund.

Stanley grinede selvsikkert. Han gik hen imod hytten.

- *Den gør dig altså ikke noget, Leo. Det er kun en hytte, hvor der engang har boet nogen, men det gør der ikke mere. Der er helt stille derinde.*

- *Jamen jeg vil altså ikke,* sagde Leonora bestemt.

- *Nej det er også i orden,* sagde Magnus.

- *Vi måtte heller ikke for far,* sagde hun.

Hun vendte sig om mod vandet.

- *Jeg vil hellere hen at kigge på vandet ved badebroen.*

Magnus sukkede, mens Stanley gik ind i hytten.

Der var så stille derinde, at det næsten støjede, og overdøvede fuglenes sang udenfor. Stanley fjernede nogle tomme øldåser fra en lænestol og satte sig ned. Han lod blikket glide rundt. Der var mørkt i hytten, og hans øjne skulle lige vænne sig til det.

- *Hvad fanden er det med denne her hytte? Hvorfor dør de bare herinde,* sagde han undrende stille.

Han hørte ikke efter. Han var helt i sin egen verden og bemærkede ingenting. Ikke før det næsten var for sent. Han kiggede undersøgende på alt, hvad han kunne få øje på. Da der ud af ingenting stod en tidligere officer foran ham med et stjerneformet ar på højre skulder. Stanley kiggede op og smilede. Han ventede ikke andet end venlighed.

- Det stopper her. Weekenden slutter her. Undskyld.

Den store jagtdolk blev svinget foran halsen på Stanley. Blodet piblede ned ad hans nøgne overkrop. Drengen nåede slet ikke at reagere. Han gurglede chokeret. Morderen tog fat i håret på ham og trykkede dolken ind mellem anden og tredje ribben i venstre side.

Stanley blev siddende stille i stolen, mens hovedet sænkede sig. Der kom ikke flere lyde fra hans hals. Morderen kiggede ud gennem den åbne dør. Man kunne ikke skimte drengen og lillesøsteren. Et par listende skridt tættere på. Inde fra skyggen blev de studeret, mens de stod nede på badebroen. Da morderen så, at drengen vendte sig mod huset, gik man tilbage til mørket. Drengen kaldte, men ordene gled bare rundt i luften som en stille vind i trætoppene. Der var ingen svar, men morderen fældede en tåre. Først en så flere. Det var morderens børn, der stod derude, men beslutningen var taget. Det måtte ske.

- Angrer du, blev der sagt så det næsten kunne høres.

Morderen så ned i gulvet. Jagtdolken var stadig i hånden. Man satte den op på egen hals og var tæt på at trykke den hele vejen igennem.

Der blev råbt igen udenfor lidt højere. En gang til med mere kraft i stemmen. Magnus blev bekymret.

- Kom nu ud, Stanley. Du skal ikke forskrække Leo. Hun er ikke vild med det. Lad os nu gå videre.

Han kunne ikke lide det, og hvis det var Stanley, der bare ville drille, så var det en dårlig idé, når de havde lillesøsteren på slæb.

Kongen kunne lugte blod igen ved hans hytte. Han spænede gennem skoven. Han stoppede mellem to træer, hvor ingen kunne se ham. Han så den lille pige, der på en eller anden måde betød noget for ham. Hun var uskyldigheden selv og smukkere end noget andet. Han blottede sine tænder og knurrede.

Magnus gik på hug foran Leonora. Han så hende i øjnene og satte hovedet på skrå.

- Nu gør vi noget, vi ikke må. Nu lader jeg dig stå her, og du må IKKE gå for tæt på vandet. Er det en aftale?

- Hvad skal du, spurgte Leonora.

- Jeg går ind i hytten og henter Stanley. Ok? Han driller sikkert bare, ikke?

- Vi måtte slet ikke gå hen til hytten. Det sagde far.
Magnus nikkede.

- Det ved jeg godt, og du må heller ikke sige det til mor eller far. Så får vi bare ballade, ikke?
Leonora kiggede hen på hytten.

- Den er smadderuhyggelig den hytte, sagde hun.

- Det er bare et gammelt hus, sagde Magnus smilende.

- Ok, men jeg bliver bare her. Jeg vil ikke derind.

- Nej, det er helt ok. Vi kommer ud lige om lidt. Du skal ikke blive bange. Syng for fuglene og Conny. Du synger så godt. Det siger mor altid.

Magnus kørte en hånd gennem søsterens hår. Han rejste sig og vandrede stille op mod hytten, mens han kaldte på Stanley igen.

Leonora begyndte at synge, og det blev opfanget af kongens ører, og han kunne lide det.

Magnus nåede hyttens dør og kiggede forsigtigt ind.

- Stanley, er du her, spurgte han højt.

Hvis Stanley havde levet, havde han ikke kunne undgå at høre det. Da Magnus kom direkte ude fra det stærke sollys, kunne han ikke se ret meget. Han trådte yderligere et skridt ind. Der var stadig ikke noget svar. Et skridt mere.

Pludselig var der en stærk hånd, der greb ham i kraven. Han blev trukket længere ind i mørket til det stak i maven på ham. Først lidt, så lidt mere og til sidst helt i bund.

Magnus kiggede morderen i øjnene, mens han stønnede. Han forstod ingenting andet end smerten. Han forsøgte at sige noget, men morderen tyssede på ham med tårer i øjnene. Magnus fik et langt familiært knus, mens dolken blev drejet rundt og skar yderligere indvolde i stykker.

- Undskyld min dreng, lød det sagte.

Magnus græd og tog sig til maven, mens han sank sammen. Inden længe lå han på gulvet. Morderen tog sig til hovedet. Gråden var trøstesløs. Det gjorde ondt som en smerte i helvede. Det brændte bag pandelappen som en evig ild, der aldrig ville gå ud. Dette måtte være helvede i sit sande jeg.

Magnus lå på gulvet med åbne øjne, da morderen forlod hytten. Man fik øje på den lille pige, men det gjorde kongen også. Han spændte musklerne og trådte frem i lyset. Morderen så det ikke. Man gik frem mod den lille pige med ryggen til skoven og jagtdolken i hånden. Leonora vinkede til morderen.

- *Jeg vidste da ikke, du var her,* sagde hun.

Morderen gik hen mod pigen, og kongen trådte længere frem. Det så Leonora godt, men hun så først og fremmest på morderen. Leonora kiggede op, og jagtdolken kom til syne.

- *Hvorfor græder du? Er du ked af det, mor?*

Mathilde gik frem rystet men besluttet. Kongen gik også frem. Det var som om, han kunne lugte, hvad Mathilde havde i sinde.

Moren ville ikke trække det i langdrag. Det ville knuse hendes hjerte yderligere. Hun vidste, at hendes handlinger aldrig ville kunne tilgives. Det måtte overstås.

Kongen så det voksne menneske hæve sin arm, og da satte han i løb. Han nærmest fløj hen over den tørre jord, mens hele perlerækken var blottet.

Leonora så skræmt på sin mor. Hun løftede sine små arme for at beskytte sig.

- *Hvorfor gør du sådan noget, mor,* sagde hun og græd.

Mathilde så det for sent. Hun skreg, da kongen satte sig fast i hendes arm og bed igennem. Den lille pige vendte sig om og holdt sig for ørene. Hun skreg også.

Hele skoven og dens dyreliv skreg i Mathildes kamp for overlevelse. I hendes sidste sekunder var der ikke nogen sympati at hente. Alle skovens og hyttens døde stod rundt om hende med chokeret og åben mund, og så det skete, mens kongen bed alt, hvad han kunne. Han fik fat i struben, og inden der var gået alt for længe, måtte Mathilde give op. Kongen stod på brystet af hende og knurrede med blod om munden. Han havde beskyttet det eneste menneske, der nogensinde havde betydet noget for ham.

Til sidst var der stille udenfor hytten igen. Leonora stod og græd op af kongen. Han lænede sit hoved ind mod hendes. Han kunne mærke hendes sorg og lige der, blev syet et sært stærkt tæt og ubrydeligt bånd de to imellem. Hun var hans, og han var hendes. Hun holdt fast i hans pels, da de vandrede ind i skoven. Man søgte i månedsvis efter den lille pige, men fandt hende aldrig. Man så dem aldrig mere, men indimellem var det næsten som om, man kunne høre en lille pige synge for fuglene.

År senere hed det sig, at to strejfer, havde søgt tilflugt i hytten for at skjule sig for de øverste myndigheder. Da det blev mørkt, mente den ene, at han så en ung dame iklædt hareskind i den regnvåde nat. Ved siden af hende mente den ene strejfer at have set en mægtig hund, der hylede mod himlen. Måneder senere fandt myndighederne de to strejfere. Eller resterne af dem. De betalte deres bod smertefuldt.

Skoven var efterhånden fyldt med skygger af sjæle, der blev i Sverige. Nogen af dem havde måske ikke så meget at angre, men de mødte alle sammen den virkelig mørke side af livet.

Tilbage stod den efterladte gamle bjælkehytte med græs på taget enlig og forladt. Den emmede af ondskab og rædsel. Blod og uhygge.

Der, i dette gamle hus, kunne man lære at fortryde. At have blod på hænderne og skamme sig og græmmes. Her kunne man lære *at angre*.

Kim Michael Ladegaard Schrewelius

KMLS
(f. 1963)
Født og opvokset i Brøndby Strand.
Bosiddende i Nordsjælland.
Gift med Jonna.

Jeg lever ikke af at skrive
Men jeg skriver for at leve